Mevrouw Gigengack

Uit het leven van een dame

Nelleke Noordervliet

Mevrouw Gigengack

Uit het leven van een dame

Met illustraties van
Franka van der Loo

Uitgeverij Augustus
Amsterdam · Antwerpen

Een aantal verhalen uit deze bundel verscheen in 1998
in een speciale uitgave die niet voor de handel bestemd was

Copyright © 2004 Nelleke Noordervliet en
uitgeverij Augustus, Amsterdam
Illustraties Franka van der Loo
Vormgeving omslag Marlijn Pel
Foto van de auteur Hannie van Herk
Vormgeving binnenwerk Suzan Beijer

ISBN 90 457 0093 X
NUR 303

www.nellekenoordervliet.nl
www.augustus.nl
www.boekenwereld.com

Inhoud

De mannenwinkel

Dat mevrouw Gigengack meer eet dan nodig is komt omdat ze ooit operazangeres wilde worden en een stem moet in het vet liggen, had ze gehoord. Eerst maar dat vet, dan komt de rest vanzelf, meende ze. Daar wacht ze nog steeds op. Een enkele keer stoot ze trillertjes uit als een kanarie, om te testen of het al zover is, soms zelfs laat ze een hele vibrerende stormwind in haar strot ontstaan die echter snel weer bedaart of uitloopt op een zacht gereutel. Tevreden is ze nog niet. 'Wie weet smoort uw vet het beetje stem dat u heeft,' zei een beroemde zangleraar haar. Dat verontrustte mevrouw Gigengack geenszins. 'Als dat waar is, zou ik steeds slechter bij stem moeten geraken en dat, mijn beste maestro, is allesbehalve het geval. Er is progressie.' Een hoge C zette haar opinie kracht bij.

Het is niet zo erg dat de roem op zich laat wachten, want mevrouw Gigengack heeft niet alles op één kaart gezet. Haar innerlijk is één bruisende delta van rivieren en beken en stromen en sloten waarin al haar talenten een mogelijke loop volgen naar een mogelijk doel. Naast het Grondwater Van De Muziek, is daar de Bouw-En-Woonstroom, waarin onder andere de afdelingen Tuinen, Binnenhuisarchitectuur en Demonstratie Huishoudelijke Apparaten zijn ondergebracht. De Zorgrivier heeft takken met als titel 'De Lamme Helpt De Blinde En Omgekeerd', een organisatie die in diensten van gehandicapten onderling bemiddelt. Mevrouw Gigengack stelt zich voor hoe rolstoelers voorlezen aan slechtzienden en hoe die laatsten op hun beurt op aanwijzing van de gehandicapte de kar voortduwen.

Dan is er een groots plan geheten 'Vele Kleintjes Maken Ene Grote', bedoeld als beleggingsclubje voor ouderen met kleine pensioentjes, die van de koerswinst de begrafenis c.q. crematie van de leden opluisteren met champagne in plaats van slootwater en toostjes kaviaar in plaats van droge cake. 'Party, Party, Party!' is een idee dat daar nauw mee samenhangt. Mevrouw Gigengack heeft zich een woordspeling gepermitteerd. Een Engels/Franse woordspelling meer. Party of Parti. Feest of Afscheid. Dat laatste in de zin van 'Partir c'est mourir un peu'. Of als in 'C'est parti!' De renners zijn weg! Het is een cateringbedrijf dat van elke uitvaart een feest kan maken.

Een derde stroom heeft met de Natuur te maken en daarin vinden we prominent een Kattencastratieproject terug evenals een Grasleasemaatschappij. Ze broedt nog op een diervriendelijke duivenverdelger. 'Duiven zijn de ratten van de lucht,' zegt mevrouw Gigengack. 'Ze moeten er zijn. Ze mogen er zijn. Maar niet met zoveel.'

Ideeën genoeg, ideeën te over zelfs. Mevrouw Gigengack is één gigantische doos bonbons waarboven haar hand voortdurend aarzelt. Wat zal ze aanpakken? Op zekere dag beseft ze dat al haar plannen in dienst staan van de mensheid in ruimere zin. Dat zij voortdurend bezig is met het geluk van anderen. Er lopen slechtere mensen rond dan ik, denkt ze. Dat de plannen vooralsnog onuitgevoerd zijn gebleven, vindt ze geen punt in haar nadeel. Van dit enorme, menslievende denken, van dit hoofd en dit hart die almaar geven, geven, geven moet op zich al een heilzame invloed uitgaan. Er ontstaat een klimaat van plus, zegt ze zelf. Ze loopt in een wolk van plus. Niet van min. Maar van plus. Plus, plus, plus. En daarin klontert als vanzelf het Goede samen. Toch? Niettemin is er een leegte aan het groeien in haar, alsof het opraakt vanbinnen en er nodig een stroom van de andere zijde op gang moet komen, van buiten naar binnen, die alles weer terugpropt. Een Ander die om haar denkt.

Mevrouw Gigengack gaat op zoek naar die Ander. Een Man. Een Heer. Met huiselijk verkeer. Voor het eerst van haar leven – voor het eerst van haar leven? – staat mevrouw Gigengack stil bij de liefde. Ze heeft er nooit tijd voor gehad. De liefde verdween altijd temidden van de beslommeringen. Wie weet heeft de Liefde ooit groot en blakend met rode lachwangen voor haar gestaan en heeft ze hem niet gezien, niet herkend, weggestopt in haar handtas en weggegooid in de eerste de beste prullenbak die ze tegenkwam. Wie weet heeft hij op de mat voor haar deur gelegen als een hond en heeft ze in het voorbijgaan zijn kop geaaid en vaag 'apport' gezegd, waarop de manhond verwilderd rondkeek naar stok of krant en als hij iets gevonden had wat apportabel leek, was ze al voorbij, mevrouw Gigengack. Wie weet is er heel lang geleden, voordat de charitatieve delta in haar binnenste ontstond, een geheime geliefde geweest, een bitterzoete geliefde, die vroeg is overleden of gewoon met de noorderzon, waarna al die ongebruikte hartstocht zich verzamelde in dat enorme spaarbekken dat haar hart werd. Ze laat zich er nooit over uit. Er zijn Dingen Waar Men Niet Over Spreekt.

Eenmaal een besluit genomen, laat ze er ditmaal geen gras over groeien. De mensheid kan immers wachten op de uitvoering van plannen, maar mevrouw Gigengack zelf niet. Ze neemt haar handtas mee, waarin ze haar papieren, een verschoning en een paar extra kousen stopt, want je weet nooit of je niet onderweg een ongeval krijgt en naar het ziekenhuis moet. Uit de krant heeft ze het adres van De Mannenwinkel geknipt, een door het Gewestelijk Arbeidsbureau ondersteund initiatief van herintredende vrouwen, gebaseerd op het principe 'wat mij niet meer past, past u misschien'. Voor ze binnenstapt aarzelt ze even. Doe ik hier wel goed aan? Het is de vraag die ze zichzelf het vaakst stelt. Meestal antwoordt ze: Ja, daar doe je goed aan, Gigengack. Een enkele keer zegt de innerlijke stem nee. Nu wordt er in alle talen gezwegen.

Ze staat voor de winkel en kan geen stap meer verzetten. Het zweet breekt haar uit, wat ze op de overgang gooit. Ze vreest opgeslokt te worden door de ruimte erachter en nooit meer terug te kunnen. Ze vreest ontleed te worden door kundige vingers en in handzame pakketjes, beplakt met etiketten en voorzien van stempels, het land rondgestuurd te worden op zicht bij verschillende heren. Of haar schattige varkenspootjes meneer X misschien bevallen? Kan meneer Y zich vinden in de plooien van haar oorschelp? Zou meneer Z de kneepjes in haar knieholten en ellebogen willen zoenen? O, als het maar andersom was. Dat zij proeven kreeg van borsthaar, spatelvingers, neusvleugels of nek. Aangezien zij de vragende partij is, moet dat toch wel het geval zijn. Nee, nee, haar vraag is tevens aanbod. Hoe zal dat gaan?

'Nekken, graag,' zegt ze tegen de dame met het paarse haar achter de toonbank die heeft gevraagd waarmee ze haar van dienst kan zijn. Mevrouw Gigengack zet haar handtas neer. 'Nekken,' herhaalt de dame. 'Nekken,' bevestigt mevrouw Gigengack. De nek, licht ze toe, is namelijk het meest argeloze en verraderlijke lichaamsdeel van de mens. Niemand kan zijn eigen nek goed zien. Daar moeten heel wat spiegels aan te pas komen en dan nog. De nek kan niet betrokken worden bij pogingen zich anders voor te doen dan men is. De nek is. De nek is zoals men is. Aan de nek is niets te doen. Daar valt niets te veinzen. Men is geen baas over zijn nek. Een hoge haarinplant op een bleke nek zonder pezen? Daar valt niet tegenop te boksen. Iedere intelligente opmerking, iedere grap die de bezitter van zo'n nek maakt keert zich zonder dat hij weet waarom tegen hem. De fraaiste neus, de liefste ogen, de hartelijkste glimlach, ze moeten het afleggen tegen een karbonkelige kippenkont.

'U bent een kenner,' zegt de dame met het paarse haar bewonderend tegen mevrouw Gigengack, die heur haar opduwt en haar keel schraapt. De dame tast achter zich naar een rij ordners en zegt: 'Hier heb ik de nekken.' In plastic hoezen bevinden zich foto's van het betreffende lichaamsdeel van diverse mannen. De overwoekerde nekken legt mevrouw Gigengack meteen terzijde. Geen matjes voor haar, zelfs niet de schijn van een matje! Er moet tussen boord en haargrens een miniem stuk vel zichtbaar zijn, anders kan ze niet oordelen. Dat vel mag niet kriskras doorploegd zijn met diepe rimpels en voren, waarin zich vuil en zweet kan afzetten: een arbeidersnek wil ze niet, hoewel ze niets tegen arbeiders heeft. Maar ze is bang dat ze met zo'n nek stoflongen of kapotte knieën in huis haalt, en daar was deze hele exercitie niet om begonnen.

Mevrouw Gigengack fiatteert drie nekken. Die zien er aanvaardbaar uit, vooral omdat de randen van de oren goed tegen de schedel aanliggen en een onopvallende waakzaamheid suggereren. De nekken zijn niet te lang, maar zeker ook niet te kort, eerder aan de brede dan aan de smalle kant. Een hoofd op een steel is niets voor haar, dat wiebelt en trilt haar te veel op de wind. En een mager nekje doet een hals vol adamsappel vermoeden. Heeft iemand zo'n heen-en-weerschietend ding boven de knoop van zijn das, dan is mevrouw Gigengack niet in staat hem in de ogen te zien. Ze fixeert haar blik op de speeksellift en kan aan niets anders denken. Dat is niet leuk voor zo'n man.

'Deze drie,' zegt ze. 'Nu hun vingers.' Paarshaar begrijpt haar woordeloos. Krijgt een kleur van opwinding. Graait in de la Handen en haalt de corresponderende nummers te voorschijn. Ze legt ze met een voilà-gebaar op de toonbank. Mevrouw Gigengack kijkt naar de nagelriemen en het nagelbed. Sprekende vingers zoekt ze. Ongeduldige. Geen aangekloven kluifjes, geen korte ronde nagels, geen natte platte toppen. Er mag gerust wat knoest aan de gewrichten zitten, en dons op de onderste kootjes, maar liefst geen erg zichtbare witte halve manen. Een van de drie voldoet.

'De oogst is mager,' zegt mevrouw Gigengack. 'Wat zijn uw voorwaarden? En hoe gaan we nu verder?'

'Deze meneer,' zegt de dame en raadpleegt een lijst in een andere ordner, 'deze meneer zou graag een opname hebben van uw linkeroksel in opengeklapte en in dichte toestand.' (Toe maar, denkt mevrouw Gigengack, meneer is veeleisend.) 'En van uw navel.'

Dat doet de deur dicht. Over die oksel had ze wel willen denken. Haar hielen hadden ook gemogen. Maar haar navel, nee. Pervers. Ze ziet ervanaf. Weer op straat krijgt ze een ingeving. In de afdeling Natuur schept ze de reeks Niet Van Echt te Onderscheiden. Denkend over de mogelijkheden die deze titel biedt loopt ze de verkeerde kant op.

Het menselijk lichaam

Mevrouw Gigengack ligt in bad. Boven het schuim zijn vijf eilanden zichtbaar: haar hoofd, haar borsten en haar knieën. Haar hoofd is droog maar de rest van de archipel glimt van het vocht. Als ze blaast, rept het schuim zich in vlokken door de zeeëngten, beuken kleine golfjes de gladde kusten en spoelen soms zelfs over de tepelhof. Ze vermaakt zich met het opvoeren van de windkracht. Met haar handen, die als zeeanemonen op de bodem van het bad zwieren, maakt ze een heftige beweging, zodat er een beving ontstaat. Mevrouw Gigengack draait zich enigszins op haar rechterzij om het effect van een ramp te bewerkstelligen. Haar knieën kapseizen en verdwijnen onder water, haar linkerborst verheft zich terwijl haar rechter zinkt. Ze hoort een smakkend geluid, en hoe het precies komt weet ze niet, maar ze ligt opeens muurvast in haar eigen tobbe. Elke beweging die ze maakt lijkt haar vaster vacuüm te zuigen.

Geen paniek, denkt ze terwijl het schuim haar tot de lippen komt, ik ben misschien wel wat vlezig, maar ik heb nog geen schoenlepel nodig om het bad in en uit te gaan. Ze tast rond met haar linkerhand en tracht greep te krijgen op de badrand om zich zodoende met alle kracht die in haar is, te verheffen uit het niet al te ruime sop. Dat lukt niet en mevrouw Gigengack ziet voor het eerst van haar leven de fouten in het evolutionaire schema dat haar lichaam heeft gevormd.

Waarin schuilt het evolutionaire voordeel van een elleboog die maar naar één kant scharniert? vraagt zij zich af. Of is het de bedoeling van de Grote Blauwdrukker om volslanke middelbare dames zoals ik ben op deze wijze zachtjes uit het systeem te duwen? Wordt het straks niet interessant meer om volslanke middelbare dame te zijn? Ze corrigeert zichzelf. Straks?! Alsof het nu voordelig is om volslanke middelbare dame te zijn. Geheel tegen het evolutionaire paradigma in heeft zich haar soort ontwikkeld, een rara avis, een zijtak van een subspecies, gedoemd om in te smalle badkuipen ten onder te gaan.

'Dat zullen we nog weleens zien,' zegt ze strijdlustig. Het is zaak tussen haar en het email lucht te krijgen. Ze roept de geest van Archimedes te hulp, maar veel meer dan 'Eureka' kan hij haar niet mededelen. Opwaartse druk: het mocht wat. Er zijn hier krachten aan het werk, waarvan die graatmagere Griek zich geen voorstelling kon maken. In mevrouw Gigengacks hoofd komen gedachten op aan de potvissen die door een navigatiefout op de kust van Ameland zijn aangespoeld. Hoe ze door hun eigen gewicht zijn gestikt, vanbinnen verpletterd onder hun spek, ontploft door de gassen die zich in hun rottende ingewanden ophoopten. Ze ziet al somber voor zich hoe zij hetzelfde lot zal ondergaan, hoe in lieslaarzen gehulde, sterke jongemannen met bloederige messen in hun hand op haar torso staan en het vlees van haar botten snijden. Een huivering van genot doorvaart haar organen. Totdat: 'Eureka!' roept ze, en laat een harde, lange wind. 'Plop!' zegt haar lichaam en de vijf eilanden dobberen weer aan de oppervlakte.

Mevrouw Gigengack wrijft zichzelf droog. Opnieuw wordt ze getroffen door de gebrekkige toerusting van de armen. De handen, handige instrumenten bij uitstek, kunnen lang niet overal bij. Waar ligt dat aan. 'Is er een goede reden voor,' zegt ze peinzend tegen de beslagen spiegel, 'dat ik die cirkelvormige plek op mijn rug niet kan bereiken met een handdoek of washand zonder acrobatiek?' Het bijbelwoord dat de mens niet alleen zij (aanvoegende wijs) of iets dergelijks, en dat God hem daarom een vrouw tot hulpe gaf, schiet haar te binnen. Hulpe bij het afdrogen van de rug natuurlijk. Maar het zou toch makkelijker zijn geweest voor God om de elleboog dubbelzijdig te laten scharnieren. De auteurs van het Boek der Boeken hadden niet anders gedaan dan Gods missers te verbloemen met fraaie verklaringen achteraf.

Ze slaat de handdoek over haar schouder, vangt één punt op en droogt haar rug met de bekende zaagbewegingen af. Waar maak ik me druk over, denkt ze. Ons oog is ook niet volmaakt. Onze reukzin staat beslist ver beneden die van de hond – een zegening maar ook een tekortkoming – en het schijnt dat dolfijnen ons in intelligentie verre de baas zijn. Er is geen eigenschap van de mens of hij wordt door een dier overtroffen.

Ze gooit de handdoek neer. Haar armen hangen langs haar lijf. Haar handen kruisen zich voor haar venusheuvel als een schaamlap. Hierop zijn ze gemaakt, denkt ze. Dat ik mijn geheime deel kan verbergen en tegelijk aanraken. Dat ik mezelf kan beminnen. Dat is voorbehouden aan primaten. Het is behelpen, maar het is toch iets. Als middelbare leeuwin, om maar iets te noemen, zou ik door de savanne sjokken op zoek naar liefde en alleen een kale struik vinden om mijn schurftige schonken aan te schuren. Gedverderrie. Het beeld bekoort haar niet. Ze wrijft zich in met geurige bodylotion. 'Be prepared,' zegt ze meesmuilend tot haar dampige spiegelbeeld.

Het gezicht

'Zou ik ook een voorspelbaar gezicht hebben?' vraagt mevrouw Gigengack aan haar spiegelbeeld, terwijl ze een nieuwe *frosty color* op haar lippen probeert.

'Wat bedoel je precies?' vraagt ze zichzelf.

Het is niet makkelijk uit te leggen, maar ze weet precies wat ze bedoelt. Stel, je zit in tram, bus of trein en hebt de gelegenheid de mensen om je heen te bestuderen. Niet dat een dergelijke bezigheid tot wetenschappelijk frappante resultaten leidt, maar het gaat net zo vanzelf als krabben bij jeuk. Zonder dat je het erop aanlegt treffen je bepaalde wetmatigheden of juist uitzonderingen. Je blik is leeg, in je hoofd lichten slechts fragmenten van mogelijke gedachten op. Wat je ziet klontert node samen tot een coherente waarneming. En dan opeens opent de onopvallende vrouw tegenover je een plat pakje, haalt er een boek uit, bladert het door, slaat de laatste bladzijde op en kerft met een scherpe pinknagel een kras in het papier ter hoogte van de band. Scheurt dan de bladzijde eruit, verfrommelt hem ongelezen, werpt hem weg en pakt het boek weer in. Een plotselinge daad van gerichte agressie. Nu is het boek het slachtoffer, of indirect degene die het cadeau krijgt, maar hoe makkelijk laat zich dat niet substitueren voor een weke buik, een wang, een blauwdooraderde pols. Zo'n gebeurtenis is een buitenkansje. Komt niet vaak voor. Verschaft een haarscherp inzicht in de aard van de mens.

'Maar ik dwaal af,' zegt mevrouw Gigengack tegen haar spiegelbeeld. 'Hier gaat het niet om. Zulke dingen gebeuren.' Mevrouw Gigengack glimlacht bij de herinnering aan een morsige bleekscheet van een feministische hulpverleenster die een fotokopie van een artikel las met als titel: 'De lelijkste vrouw van de wereld'. En er was nog iets leuks aan dat voorval, maar dat is ze weer vergeten.

De frosty lipstick bevalt. Ze tekent met een iets donkerder potlood de omtrek van haar lippen na. Beter dan siliconen. 'Waarom verliezen lippen hun vlezigheid? Waarom neigt elke cirkel in het lichaam tot een lijn? Waarom gaat alles en alles toch hangen, gehoorzaam aan de wetten van de zwaartekracht? Waarom worden alleen mijn oren groter en harder? Enfin, waar was ik gebleven?

Zittend in tram, bus, of trein en kijkend naar de mensen om je heen, word je weleens getroffen door de karakteristieke combinatie van een mond en een neus, niet omdat die een klassieke eenvoud zou hebben, maar omdat zó'n neus altijd zó'n mond genereert, of omgekeerd. En wat meer is: bestaat eenmaal die combinatie van neus en mond, dan volgt daar ook een bepaald soort ogen uit. De wipneus met de sterk gewelfde bovenlip bijvoorbeeld gaat altijd samen met vlakke wangen, ronde ogen en een licht overhangend voorhoofd. Het is geen familiegelijkenis. Het gezicht is voorspelbaar. Het een volgt uit het ander. Het is een "logisch" gezicht zonder uitgesproken mooi of lelijk te zijn. Logische gezichten komen niet vaak voor. Niet omdat de meeste gezichten een tegenspraak bevatten, maar omdat de meeste gezichten juist geen enkele uitgesproken trek bevatten. Is er één trek uitgesproken, dan volgen er meer. Het duurt meestal enige tijd, voor een gemiddeld, zwabberig gezicht zijn eventuele geheim prijsgeeft.

En ik?' Mevrouw Gigengack probeert met andermans ogen naar

zichzelf te kijken. Dat valt niet mee. Ze komt fluitend de badkamer binnen, zogenaamd onwetend van de spiegel die daar hangt, en werpt zogenaamd gedachteloos een blik. Maar in haar eigen huis lukt dat niet erg. Ze besluit naar het warenhuis te gaan om betere omstandigheden voor het experiment te scheppen en in die tussentijd te vergeten wat haar doel was: de ontdekking van de logica in haar eigen gezicht. Of juist het ontbreken ervan. Wat wil ik graag? denkt ze. Wil ik een uitgesproken logisch gezicht of wil ik blubber? Je hebt niets te willen. Je mag geen voorkeur uitspreken. Daar gaat het nu juist om. Voor wetenschap is onbevooroordeelde waarneming een eerste vereiste. Mevrouw Gigengack weet dat ze een zware taak op zich neemt. Met opzet vergeten wat je gaat doen en het desalniettemin doen bevat twee onoplosbare contradicties. A. De essentie van vergeten is het onopzettelijke. B. Iets vergeten en tegelijk niet vergeten is niet mogelijk. En dan denkt ze nog maar niet eens aan het moment waarop ze zichzelf onverwacht in een spiegel zal zien. Ze mocht willen dat er dan heel even die flits van amnesie optreedt die ze al eerder heeft ervaren, maar die zich zo moeilijk laat afdwingen. Je ziet jezelf en weet niet dat jij het bent. Wat een eigenaardig type loopt daar, heeft mevrouw Gigengack ooit gedacht. En toen met een schok: Verroest, dat ben ik zelf. Had ze toen maar op haar gezichtslogica gelet. Het feit dat haar in dat opzicht niets was opgevallen, belooft niet veel goeds.

Mevrouw Gigengack rukt haar kledingkast open. Daar hangt voornamelijk blauw, beige, zwart. Hier en daar een toets cyclaam en citroen. Iets vaags, vindt ze. Iets verhullends, zodat ik niet meteen over mijn boezem struikel met mijn blik. Een donkerblauw deux-pièces wordt het. Geen oorbellen. En laat ik die frostbite maar even weglikken. Dat parelmoer leidt te veel af.

Een uur later is ze terug met een schoonloopmat, een fotolijstje, een nieuwe frosty color lipstick, en een kilo tomaten. Het eerste deel van haar experiment is geslaagd.

De filosofie

Het gebeurt als ze op de markt in een tomaatje staat te knijpen. Ze voelt de glimmende schil een beetje meegeven en een beetje tegenstreven. De vrucht heeft een volmaakte spankracht. Hij is net van de plant gehaald en dus in feite morsdood, maar hij voelt levend aan. Of je in koele, gladde wangen knijpt. De tomaat ziet er gezond uit. Dat nu, denkt mevrouw Gigengack, is puur gezichtsbedrog. Ze weegt het raadsel van leven en dood op een hand.

'Deze tomaat is net zo mors als een geschilderde tomaat op een stilleven.'

Verrukt proeft ze de vondst op haar tong: stil-leven. *Still-life*: het leeft nog. *Nature morte*: het is dood. In één moeite door denkt ze na over het optimisme van de Germaanse en Angelsaksische talen en het pessimisme van de zuiderlingen, waar men het tegendeel zou verwachten.

Ze is getroffen door de overeenkomst en door de diepzinnige implicaties van haar huiselijke observatie. Zijn zo niet de grootste filosofen begonnen? Archimedes in het bad, Huizinga aan het Damsterdiep, Nietzsche en het paard in Genua of Turijn. Ze droomt al knijpend weg bij de groentekraam.

'Als je ze allemaal heb gehad, wijffie, begin je dan aan mijn of aan de arebeien,' zegt de koopman.

'Geef mij maar een kropje sla,' zegt mevrouw Gigengack en negeert de goedmoedige maar toch enigszins stekelige opmerking. De man rolt een krop sla in een krant en neemt vijfenzeventig eurocent in ruil ervoor aan. Mevrouw Gigengack legt het pakje in haar boodschappennetje en loopt in gedachten verzonken verder, tot ze tegen een Amsterdammertje botst.

'Gigengack,' zo spreekt ze zichzelf *sotto voce* toe, 'je bevindt je op een gevaarlijke grens. Nu moet je ofwel doorgaan op die tomaat of je moet gewoon naar de bakker. Je hebt de keus tussen de oplossing van het wereldraadsel of een halfje multikoren.'

De keuze is niet moeilijk. Gedecideerd loopt ze naar de bakker.

'Anders nog iets vergeten?' vraagt de verkoopster aan de klant voor haar.

'Nee, anders niets vergeten,' is het automatische antwoord.

Mevrouw Gigengacks hart slaat over. Zo kort na de affaire met de tomaat opnieuw een ontdekking doen over contaminaties, is haar bijna te veel.

'Het is "anders nog iets" of "niets vergeten", maar niet "anders nog iets vergeten",' spreekt ze streng. De dames kijken haar vol verwondering aan.

'Ik heb anders niets vergeten,' zegt de klant.

'Daar gaat het niet om,' zegt mevrouw Gigengack.

'Dat is dan 3,85, alstublieft,' zegt de verkoopster.

'Wanneer?' vraagt mevrouw Gigengack, die nu goed op gang komt en niets meer door de vingers ziet. Grote vraagtekens worden uitgewisseld door de twee anderen. 'Wanneer is het 3,85? U zegt: "Dat is *dan* 3,85", maar ik wil dus weten wanneer. Morgen? Overmorgen? Over veertien dagen? Weest u eens wat preciezer.'

De klant haalt als de wiedeweerga vier euro uit haar portemonnee, zegt dat de verkoopster de rest mag houden en sluipt snel weg.

'Wat mag het zijn?' vraagt de verkoopster hulpeloos en aarzelend, bang weer betrapt te worden op een geheimzinnige zonde tegen de taal.

'Ik wil graag een halfje multikoren van u kopen,' zegt mevrouw Gigengack. De laatste vraag van de verkoopster heeft haar wel taalkundig laakbaar geschenen maar ze kan niet meteen de vinger op de wonde plek leggen. Het brood ligt kant-en-klaar in plastic verpakt op de schappen. En daar verhuist het reeds naar het boodschappennet.

'1,25,' spreekt de verkoopster kortaf om niet weer in de fout te gaan. 'Eén euro en vijfentwintig eurocenten,' voegt ze eraantoe.

'Touché,' zegt mevrouw Gigengack, die de impliciete terechtwijzing wel kan waarderen. Het halfje brood heeft warm in haar hand gelegen. Levend. Levend? Ja, de gist die in het brood is verwerkt, is een organisme en dus levend, of aspirant-levend. In elk geval heeft dat spul voor het rijzen van het deeg gezorgd. Het heeft met al zijn kracht uit de omheining van het taaie deeg willen barsten, maar is er slechts in geslaagd overal kleine holletjes te scheppen, voor het zijn laatste adem uitblies. Ze krijgt diep medelijden met de redeloze gistcellen.

'Nu is het welletjes,' zegt ze, terwijl ze naar links en naar rechts kijkt alvorens de straat over te steken. Maar ter hoogte van de apotheek gekomen mijmert ze alweer over leven en dood en hoe 'anders nog iets vergeten' in een levensbeschouwing past.

Het is zo'n dag dat er geen houden aan is. Alles krijgt nieuwe betekenis of verliest juist zijn vertrouwde betekenis. Daar heeft ze wel meer last van. Ze schaamt zich er een beetje voor, maar anderzijds begrijpt ze uit diverse televisieprogramma's dat ze hoogstwaarschijnlijk niet de enige is die aan een euvel lijdt. Geen enkele afwijking blijkt uniek te zijn. Haar lichte filosofieverslaving zal wel niet anders zijn dan een milde vorm van boulimie of voetschimmel of aambeien.

'Het wordt tijd dat ik ervoor uitkom,' zegt ze tegen zichzelf als ze bij de hoek is gekomen waar die homofiele jongens wonen die soms hand in hand de tuin aan het wieden zijn. Natuurlijk kan ze haar toevlucht nemen tot een huismiddeltje om weer met beide benen op de aarde te komen. Een moorkop of een mokkapunt helpen gegarandeerd, maar ze is nu eenmaal al bij de bakker geweest.

'Ik weet wat. Ik bel RTL.'

Het geld

'Je hoort vaak zeggen dat geluk niet zo te koop is, maar geld doet wonderen en vooral als het een hoop is,' zingt mevrouw Gigengack terwijl ze de financiële stand van zaken opneemt via haar girotel. Ze test haar coloratuur in het onsterfelijke refrein: 'Poen, poen, poen, poen, poen!'

Al klinkt het verlangend, geheel onbemiddeld is mevrouw Gigengack niet. Met name is ze rijk aan ideeën. Sommige daarvan geeft ze weg, zoals de website 'Geen Haar Op Mijn Hoofd' aan de actiegroep Echte Kaalkoppen Tegen Fascisme. Andere ideeën maakt ze te gelde. Vooral met het project Klerewijf is ze binnengelopen, een vraagbaak voor verkoopsters van dameskleding, gericht op de bejegening van lastige klanten. Wie in een boutique niet met het gebruikelijke, kirrende 'veepezieremee' uitgeleide wordt gedaan maar met de even vrolijk geuite heilwens 'veel geklier ermee', 'veel gemier ermee' of 'geepezieremee', weet hoe er over haar gedacht wordt. Zeker als de verkoopster als toetje 'kuttekop' miemt.

In principe houden de twee stromen elkaar financieel in evenwicht: wat binnenkomt gaat er ook weer uit. Maar nu ziet ze tot haar grote schrik dat er een soort stuwmeer is ontstaan. Ze kan het geld niet zo vlug uitgeven als het binnenkomt. Daar moet ze een nieuw idee op loslaten.

Niets is makkelijker dan op een tochtvrije plek bij het station te gaan staan en aan elke treinreiziger een eurootje uit te delen ten behoeve van een warme kop thoffie of een vet saucijzenbroodje. Maar nee, die zetten ze natuurlijk onmiddellijk om in drank en drugs. Ze is niet gek. Eerst maar eens een moorkop, denkt ze. Terwijl ze het toefje slagroom van het gebak likt, gaat haar een licht op.

Zwart geld bestaat pas als het wit is, denkt ze. Dus wit geld verdwijnt als het zwart wordt. Waar gebeurt dat? vraagt ze retorisch aan haar screensaver. Op een mooi eiland in de Caraïbische zee bijvoorbeeld. Voor haar geestesoog verrijzen de contouren van een boven- of benedenwindse vakantiekolonie waar bleekneusjes bruin kunnen worden. En hoe ze daar scheppen met geld in zwiept dat langs allerlei onofficiële kanalen weglekt. Een bodemloze put. Het project Zwartwassen is geboren.

Ze geniet rillend van het chocoladeglazuur en hoort al de blikken collectebussen tijdens de bioscoopreclame rammelend rondgaan. Een landelijke televisieactie ''t Gooi- en Smijtwerk' brengt miljoenen op. En zij, mevrouw Gigengack, wordt ontvangen door de koningin. En... Ze likt de laatste kruimels van het kanten taartpapiertje. Ik ben een goed mens, denkt ze. Ik ben een goed mens.

In de trein

Mevrouw Gigengack is op reis. Soms krijgt ze de kolder in haar kop en stapt ze in de trein naar Nergenshuizen of Overalstad. Het onbestemde is haar habitus. Ze is liever onderweg dan dat ze aankomt. Ze heeft ergens gelezen dat het menselijk leven op een reis gelijkt. Een pelgrimage door de tijd. Omdat het een metafoor betreft, geldt hij ook voor mensen die de hele dag op hun luie reet zitten. Dat levert een paradox op die haar niet bevalt. Reiziger zijn in je eigen kamer! 't Mocht wat! Als het leven een reis is, dan zal men ook reizen.

Ze haalt een rol Klene-drop uit haar zak, en schurkt zich behaaglijk in het hoekje van haar Thalys-stoel. Een grote zorgeloosheid maakt zich van haar meester, zodra de trein zich in beweging zet. Ze luistert naar de wielen die over de wissels gaan. Vroeger zette de loc zich in beweging met een kreunend sssssjj... ssssjjj... ssssjj... Steeds sneller en sneller pompte de aandrijfstang de wielen rond. De wagon schudde op de rails. IJzer over ijzer en dat voelde je! Nu schoof het landschap veel gelijkmatiger voorbij. Er was ook bijna geen geluid. Alsof de hele trein over een enorme dot watten reed. Alsof je opeens stokdoof was geworden. Mevrouw Gigengack rutste in haar oren. Dat moest vooruitgang verbeelden! Mevrouw Gigengack is nog van de soort die verbruikte energie wil horen bulderen, steunen, kreunen, knetteren, schuren, rommelen en stommelen. Aan het eind van wat een dodemansrit lijkt, behoort de reiziger lijkbleek en murwgebeukt in zijn zetel te hangen en niet – zoals nu – fris als een hoentje in het Gare du Nord op het perron te stappen. Reizen moet gevoeld worden. De kilometers moeten in je benen gaan zitten, ook als je vliegt. Tegenwoordig zitten de kilometers vooral onder je nagels, denkt mevrouw Gigengack. Het vuil springt van alle kanten te voorschijn en is bij Sloterdijk al neergedaald in een rouwrand onder haar kostbare manicure.

Aan de andere zijde van het gangpad heeft een keurige heer plaatsgenomen van onbestemde leeftijd, onbestemde lengte en onbestemde nationaliteit. Dat soort types heeft mevrouw Gigengack graag om zich heen tijdens een reis. Ze fantaseert er lustig op los en hoeveel meer mogelijkheden een object biedt, hoe liever het haar is. Tegen het eind van de rit of als ze vermoedt dat de medepassagier uit zal gaan stappen, informeert ze naar doel van de reis, herkomst, burgerlijke staat en beroep om haar verbeelding aan de werkelijkheid te toetsen. Deze heer is hoogleraar aan de Polytechnique. Hij weet alles van fijne meetinstrumenten. Wijzertjes en digitale afleesvensters zijn dagelijkse kost voor hem. Hij is perfect in balans. In zijn vrije tijd kweekt hij orchideeën en leest hij boeken over de Azteken. Ooit zal hij een artikel publiceren over de Azteken en het wiel. De essentie van zijn betoog is, dat ze het wiel wel degelijk kenden, maar er vrijwillig van hebben afgezien in een soort non-proliferatieverdrag met zichzelf. Ze zagen in tot welk een ellende het wiel leiden zou. Meneer Polytechnique heeft daarvoor de bewijzen. Is hij getrouwd? Jazeker is hij dat. Met zijn jeugdliefde. Doet hij het nog met haar? Af en toe, in zijn slaap. Kinderen? Nee. Tot zijn spijt.

Of: hij is geheim gezant van dictatoriale regimes. Zodra zich ergens een legerleider of een rebellenhoofdman opwerpt als beschermer van het volk rept hij zich naar de hoofdstad van het betreffende land en biedt hij zijn keurigheid aan ter exploitatie. Nu is hij op weg naar Brussel. Daar valt altijd wel wat te ritselen. In zijn bagage heeft hij een kerfstok waarin hij met zijn Zwitserse precisiezakmes na een geslaagde transactie in afgedankte wapens een diepe snee zet.

Of: hij is beeldend kunstenaar, nee conferencier, nee liever nog: travestie-artiest. Op weg naar een engagement in een Parijse nachtclub. Als je goed kijkt zie je nog een veeg pancake boven zijn oor. Nee, nee, nee, hij is gewoon een mannetje, een mannetje als Plume, Cogito, Dido, Hulot, Poirot. Hij doemt op waar verwondering gezaaid moet worden, waar verbaasde blikken moeten tieren, waar een analytische geest het raadsel van de wereld moet lezen. Hij kijkt haar aan.

Mevrouw Gigengack herkent zichzelf. Ze buigt zich naar hem over. 'Goedenmorgen,' zegt ze. Ze gokt erop dat hij Franstalig is, 'mijn naam is mevrouw Zjiezjenzjack... Kiekenkak.' (C voor o voor u voor a spreekt men uit gelijk een k. G voor o voor u voor a, spreekt men uit gelijk een gamma.) 'Ik bedoel Zjiezjenkak.'

De krant

Het valt tegen vandaag. Een stuk of drie. Allemaal oud en na een welbesteed leven. En ze kent niemand, ook de aangetrouwde familie niet. Nu ja, het is ook vrijdag, denkt mevrouw Gigengack, altijd een beetje een dooie dag voor overlijdensadvertenties. Maandag haal ik de schade wel in. Vrijwel alle dames die ze kent – veel heren trouwens ook, maar die doen het clandestien – lezen trouw de familieberichten. Eigenlijk moet ze een leesclub voor rouwannonces oprichten. De Grafkrans lijkt haar een toepasselijke naam.

Mevrouw Gigengack leest ze niet alleen, ze maakt er een studie van. Ooit zal ze daar nog eens een boek over schrijven, een baanbrekende contemporaine sociologische analyse. *De Dood en het Eind van het Millennium*, kon de titel luiden. Of: *Daarheen, Daarvoor*. Ze staart nog wat naar buiten naar de druipende takken van de kale iep, maar er schieten haar geen pakkende motto's meer te binnen, behalve: *Ik Mis Je Nu Al*. Met als ondertitel: *Laat-twintigste-eeuwse Aanzichten van de Dood*.

Allereerst let ze op de cursief gedrukte gedichten en spreuken, die als opmaat fungeren, en 'Stimmung und Inhalt des Folgenden' behelzen. Daar valt heel wat uit te concluderen aangaande de geletterdheid van de nabestaanden. In een enkel geval, als het einde terdege is voorbereid, heeft de dode zelf nog een poëem gemaakt, dat meestal de roerende onbeholpenheid heeft van door kleuters gevlochten paasmandjes. Gelukkig grijpen de meesten naar beroepsletterkundigen. Leest ze echter het slagersvers van Vasalis: 'niet het snijden doet zo'n pijn, maar het afgesneden zijn', dringt onherroepelijk een beeld uit haar jeugd zich aan haar op. Verse Waar van Bosselaar. Gadsie.

In wezen zijn de meeste rijmpjes variaties op het thema afscheid. En aangezien de hele dichtkunst drijft op de formulering van gevoelens rond liefde en dood hoeft men maar een willekeurige greep te doen in de poëzietrommel en het is al raak, schampert mevrouw Gigengack. Nu ja, alles beter dan Vasalis. Ze neemt de proef op de som en slaat een bloemlezing op. Zomaar ergens. Raak!

'Zoals de vogels vrolijk.../ maar hun vrolijkheid is vluchten:/ zij zijn beschoten,/ hun jong is dood./ (zij kennen geen droefheid ook).' Elburg. 'Eén zwaluw maakt nog geen lente,' spreekt ze afwachtend. Nog een keer. Ja natuurlijk, daar staat: 'Zie ik hou van je' van Gorter. Beter kan niet. Ze krijgt de smaak te pakken. Hup, daar valt het boek opnieuw open, bij Kees Stip. Dat wordt moeilijk, denkt ze, zo'n humorist. Maar nee. De titel van het gedicht luidt: 'Samenspraak van Thisbe met het lijk van Pyramus'. 'Zie je wel,' zegt mevrouw Gigengack, 'zie je wel.' Ze wordt overmoedig. Nog eens. Een gedicht van W.L. Penning wordt het ditmaal. 'Thuis siste er goudbruin vogeltjesgebraad;/ Fijn knappend lieten zich de boutjes smaken;/ Slechts die 't gesmul had helpen mooglijk maken,/ Hoorde almaar nek-geknak! En smulde kwaad.' Op het randje is deze. De laatste dan. Kijk, daar is Van Ostaijen met het huldegedicht aan Singer. Is dat de uitzondering die de regel bevestigt? Niets daarvan. Het slot van het vorige gedicht is zichtbaar: 'Nachtstappen naar de uiteindelike Heimat/ daar eten zilveren schalen gogolgnomen/ rijstepap// Wolga   steppe   mes' Het ultieme beeld van de dood. Mevrouw Gigengack zucht innig tevreden. 'I rest my case,' zegt ze.

Het volgende onderdeel van de studie is de inleidende formule uit de serie 'Na een moedig gedragen/smartelijke/ernstige ziekte/lijden' of 'Plotseling maar niet onverwacht'. Dat is een cryptogram voor de doodsoorzaak. Erg leuk. Maar meestal ook een beetje overbodig. 'Na een zeer ernstige ziekte, overleed...' Als die ziekte niet ernstig was, zou de geliefde er niet aan zijn bezweken, nietwaar? Hartverlammingen en kankers liggen voor de hand. Ongelukken en zelfmoorden laten zich ook makkelijk bevroeden. De enkele moord wordt evenmin onder stoelen of banken gestoken.

Die grove indeling is mevrouw Gigengack te simpel. Ze stelt er een eer in tussen de woorden de details van het sterfbed en de gezinsverhoudingen op het spoor te komen en verfoeit de nieuwe mode alleen maar te zeggen 'mijn man is dood' of een dergelijke wezenloze formule. Dan kun je wel volstaan met de naam in een rouwrand. (Laatst gezien, trouwens; ook niet bevredigend.) Het gaat juist om de omzichtige bewoordingen van het verdriet. Het gaat om de nuance! Mevrouw Gigengack kan het wel uitschreeuwen tegen die gemaakte directheid.

Het karakter van de overledene dient in die eerste regels met een paar krachtige streken neergezet te worden. Een treffend adjectief kan veel zeggen en veel verbergen. 'Zorgzaam' is bijvoorbeeld heel bruikbaar voor afstandelijke vaders. Een lastig wijf wordt 'eigenzinnig' genoemd. Bij een 'zonnig' type moet men zich niet te veel voorstellen van haar (altijd 'haar'!) verstandelijke vermogens. Als grootvaders bijnamen krijgen ('onze vrolijke opa poetie'), dan zie je zo'n man bij wijze van spreken al met zijn nageslacht dollen. Vissen, voetballen, vliegeren, tot de dood erop volgt. Het is mevrouw Gigengack opgevallen dat vooral opa's onderscheiden worden met dierbare epitheta. Dat komt omdat opa's eerder sterven dan oma's, denkt ze, dus nog betrekkelijk jong en vitaal. En die vereenzamende oude vrouw wordt allengs zeurderiger, hulpbehoevender en lastiger. Van een losse grootouder gaat de jeu gauw af. Goddank is zij zelf geen oma.

Ze heeft al een beetje een indeling in haar hoofd. De rubriek Ouderwets Ceremonieel bevat advertenties van de serie: 'Bedroefd maar dankbaar voor alles wat zij voor ons heeft betekend, geven we kennis van het overlijden van onze...' 'Na een moedig gedragen ziekte hebben we afscheid moeten nemen van...' Hoewel die laatste thuishoort in de categorie 'Onbedoeld Komisch'. Meestal wordt de lach opgewekt door een grammaticale contaminatie. Soms door een hoogst ongebruikelijke mededeling zoals 'begrafenis c.q. crematie hebben niet plaatsgevonden'. Daar heeft mevrouw Gigengack na het deppen van de lachtranen nog enige tijd mee gezeten. Heeft de dode zijn c.q. haar lichaam ter beschikking gesteld van de wetenschap? Dat wordt altijd trots vermeld. Of is zij c.q. hij het water c.q. het bos c.q. de bergen ingelopen en nimmer weergekeerd? Hebben ze de overledene misschien *opgezet*?

Mevrouw Gigengack verbaast zich erover dat men tegenwoordig bij de nabestaanden familieleden vermeldt met een kruisje achter hun naam. Op middeleeuwse schilderijen met opdrachtgever en familie ziet men ook boven veel kinderhoofdjes dat kruisje hangen. Dood en begraven, wil dat zeggen, maar desondanks deel van het gezin. Het heeft iets vreemds. Alsof ze door een goocheltruc weer even uit het hiernamaals zijn bevrijd om hun plaats in de rijen der levenden in te nemen juist als er iemand dood is. Ja, dán kunnen ze weer opdraven. Denk maar niet dat er nog elke dag voor hen wordt gedekt, of dat er een stuk van een bruidstaart wordt bewaard, laat staan dat ze een nieuwjaarskaart krijgen of vermeld worden op een uitnodiging voor een verjaardagsfeest.

Als het dan toch moet, ziet mevrouw Gigengack veel meer in een aparte advertentie uit naam van hen die voorgingen. 'Wij heten welkom in de eeuwigheid ons lieve kind, kleinkind, neef etc.' en dan de namen van ouders, grootouders, tantes en ooms en de rest van de nabije overleden familie. Ja, dat heeft beslist iets hartelijks, vindt mevrouw Gigengack. Ze gelooft niet in een voortbestaan na de dood, maar is wel gevoelig voor lief bedrog. In dat kader plaatst ze de advertenties waarin de overledene wordt aangesproken, alsof hij/zij nog net kan horen wat hem achterna wordt geroepen: 'Je was een fantastische vriend!' 'Wat zullen we je humor missen!' 'Rust nu maar uit, je hebt je strijd gestreden!' Volgens een oud geloof waart de ziel immers nog een tijdje rond op dit ondermaanse vooraleer hij definitief als een zucht wind opstijgt en verdwijnt in de kille kosmos op zoek naar de bron van energie. Hij draalt op de drempel tussen twee aggregatietoestanden in, verlaat node het trouwe lichaam en de innig geliefden, die radeloos zijn naam roepen in de nacht.

Mevrouw Gigengack laat de krant zakken. Ze kijkt naar buiten en luistert. Niet alleen vogels. Er is ook een ritselen, een zacht geschuif, geruis van zijde, van huid, de echo van een laatste hartenklop. Uit haar borst, zwellend als de krop van een duif, stijgt een lied op, een wiegelied, een dodenwiegelied.

Merkwaardige berichten

'Vrouwtjesijsberen hebben een penisje ontwikkeld. Oorzaak: de grote hoeveelheid PCB's in de Noordelijke IJszee,' leest mevrouw Gigengack in het avondblad. Dat opent mogelijkheden voor transseksuele dames. Eén PCB-kuurtje in een beautyfarm en alle hormonale en operatieve ellende behoort tot het verleden, denkt ze opgeruimd. Ze schrijft bij wijze van spreken al de wervende folder. Kalm aan, Gieg. Kalm aan. Ze legt de krant even terzijde en krijgt zoals gebruikelijk bij die handeling een steek ter hoogte van haar ampel verpakte hart. Een van de heren die ooit een tijdje mevrouw Gigengacks leven deelden – een schat van een man met de aandoenlijke gang van een geschrokken kameel –, had haar verlaten vanwege de krant. Althans, dat gaf hij aan als de belangrijkste van de tien redenen. En ze kon hem geen ongelijk geven.

Elke avond na lezing van *Het Parool* werd mevrouw Gigengack geconfronteerd met haar eigen onvermogen het dagblad zodanig te behandelen, dat een volgende gebruiker ook nog met vrucht van de inhoud kennis kon nemen. Ondanks een schriftelijke cursus Bladzijden Omslaan, was het haar nimmer gelukt kloek de pagina's open te rukken en precies pas om te vouwen. De krant lag op tafel alsof er al vijf keer sla in was verpakt.

Natuurlijk had de oplossing van het conflict met de geërgerde kameel voor de hand gelegen: hij eerst lezen en dan pas zij. Of twee abonnementen. Maar in dat geval waren de redenen twee tot en met tien successievelijk van kracht geworden en ze had niet de puf ook daar creatieve compromissen voor te bedenken. Exit telganger. Krant eeuwig memento. Voor de zekerheid brengt ze vanaf dat moment haar abjecte praktijken meteen in bij de onderhandelingen met nieuwe commensalen, die zonder uitzondering coulance toezeggen, maar haar vervolgens schuwen als was ze seropositief.

Nooit heeft ze daarom de stap durven zetten naar de onthulling van haar grote krantengeheim: haar dédain voor de voorpagina, voor de grote koppen, voor de hoofdcommentaren, voor de belangrijke verhalen. Het nieuws bestaat niet voor mevrouw Gigengack. Het nieuws leert haar niets nieuws over de mens: slecht, verraderlijk en ijdel is hij. Mevrouw Gigengack leest de krant enkel en uitsluitend om zo nu en dan – lang niet elke dag! was dat maar waar – verscholen tussen de opgeblazen *faits et gestes* van zelfingenomen warlords en -ladies dat bladvullertje te vinden door de opmaakredacteur uit de bak 'mengelwerk' gevist: een verhaaltje, een feitje, een interviewtje los van de actualiteit, dat niettemin als een laserstraal door de mist van Zijn en Tijd snijdt en plotseling een inzicht geeft waarvoor een boeddhistische monnik zijn leven lang mantra's prevelt. Hèhè, ze is buiten adem van de ongemeen lange zin en voelt haar parelketting knellen rond haar gezwollen hals. Even een trillertje om bij te komen. Ze zet haar middenrif uit en kwinkeleert dat het een lieve lust is. 'Papaveri papaveri son' alti alti alti, ma tu sei piccolina, ma tu sei piccolina...'

Jaren geleden was het begonnen met het berichtje van een Italiaanse vrouw die achtentwintig jaar lang zwanger was geweest van een stenen kind. De vrouw herinnerde zich tijdens haar zwangerschap geweldig geschrokken te zijn van een guitige buurman, die getooid met horens en gewapend met een drietand als de baarlijke duivel op haar was afgesprongen. Het bloed stolde haar letterlijk in de aderen. De vrucht van haar schoot werd zo hard als een kokosnoot. En hoe lang ze ook wachtte: de negen maanden duurden en duurden maar, het kind bleef ongeboren, de tijd stond als het ware stil. Uiteindelijk vergat ze waar ze op wachtte. De bij toeval ontdekte stenen foetus werd operatief verwijderd en diende nu als presse-papier. Na achtentwintig jaar gooi je zo'n hervonden kind toch niet weg. Die geef je een functie, nietwaar?

Mevrouw Gigengack is ook erg onder de indruk van een interview met een obductie-assistent in het ziekenhuis, Iwan Nectar geheten. Wat een schitterende naam. Een foto begeleidt het vraaggesprekje. Mevrouw Gigengacks hart slaat een slag over. Dat men dood moet zijn om in die man zijn handen te mogen vallen! Helaas! dat de huid dor als papier blijft onder zijn aanraking, dat de ledematen stijf zijn, dat de bloedtoevoer naar de geslachtsorganen is gestaakt! Wat een tragiek! Met liefde zou ze zich in een laken rollen en op een trolley voor de deur van de *morgue* gaan liggen, een label rond haar grote teen. En dat die grote tedere handen dan haar lauwe lichaam zouden... en dat mes... en die schedelboor... Hoe zorgvuldig zet hij de zaag in het bot, zoekt hij het kraakbeen op, opdat het niet gevaarlijk splintert. Nooit, nee nooit smijt hij de gewogen lever en ingewanden lukraak terug in de gapende buikholte. Altijd boetseert hij de meterslange darm weer fatsoenlijk terug in min of meer oude kronkel, naait hij de snede met nette festonsteek toe en sluit hij lichaamsopeningen af, waarna hij met geurige oliën het lijk masseert. Hij weet dat de geest nog naar het lichaam haakt en talmt alvorens de kosmos in te schieten. De geest waakt bij het lichaam. Vandaar dat de heer Nectar – mevrouw Gigengack schiet vol als ze het leest – driemaal klopt op de deur van de morgue voor hij binnengaat. 'Dan weten ze dat ik het ben.' Mevrouw Gigengack wil met Iwan Nectar trouwen.

De krant vliegt uit het lood als mevrouw Gigengacks blik het berichtje op pagina 6 tweede kolom linksonderaan treft. Daar staat dat een Vietnamees sinds de jaren zeventig vanwege contact met ontbladeringsmiddelen tegen het bloeiende communisme overal op zijn lichaam blauwe plekken heeft die 's avonds licht geven. 'DIE 'S AVONDS LICHT GEVEN! BLAUWE PLEKKEN!' Mevrouw Gigengack ziet voor zich hoe de brave kerel in het bescheiden hutje van zijn hardwerkende boerenfamilie na zonsondergang op tafel wordt gezet om bij te schijnen. Hoe hij bij een avondwandeling voorop moet lopen om de kuilen in de weg te verlichten. En hoe ze hem, als ze in bed nog een tijdschriftje hebben gelezen – stel dat ze dat doen – uit willen knippen, maar dat hij niet uit kan, ook niet als hij zijn ogen dichtdoet of aan zijn oren draait, en hoe ze dan net als bij een kanarie een doek over hem heen werpen. Mevrouw Gigengack kreunt van een diep, diep mededogen met deze mens, deze eenzame schemerlamp.

Hier kan ze wel weer een paar dagen op teren. De formatie van Paars II gaat volkomen langs haar heen. Wat zegt dat per slot van rekening ook over leven en dood?

Uit dineren

'Laten we een stukje gaan eten,' zegt mevrouw Gigengack tegen haar vriendin, 'ik ben zo flauw als een briefkaart.'

Ze hebben een middagje gewinkeld. Mevrouw Gigengack heeft een levende kip in een tenen mand aangeschaft. Dat staat zo gezellig zuidelijk in de tram, vindt ze. Haar vriendin, mevrouw Beljaars, heeft haar horendol gemaakt met haar besluiteloosheid. Vijf keer zijn ze de Leidsestraat heen en weer gelopen om twee naveldiamanten te vergelijken. 'En dat terwijl ik je nog nooit in een tweedelig badkostuum heb gezien, laat staan naakt. En als ik je nog nooit naakt heb gezien, wie dan wel?'

De vriendin vindt dat echter een goedkoop argument. 'Als ik het nou mooi vind.'

Mevrouw Gigengack doet er het zwijgen toe. Haar eigen navel is zo diep in het vet verdwenen dat alleen de Cullinan misschien zichtbaar zou zijn. Gedeeltelijk.

'Dit lijkt me wel wat,' zegt mevrouw Beljaars en wijst op een langwerpig markies en een rode loper die vrij ver het trottoir penetreren. 'Zo zien chique restaurants in New York er ook uit. En het heet nog Park Plaza ook.'

'Alles heet tegenwoordig Plaza. En waar het Plaza heet, vindt men Harry Mens. Of Patty Brard en Ans Markus,' zegt mevrouw Gigengack. 'Daar vindt men ons niet.'

'Ik heb trek,' zegt mevrouw Beljaars.

De kip in de tenen mand kakelt en fladdert wat, maar de dame van de vestiaire neemt het beest zonder blikken of blozen in ontvangst. Ze lopen tegelijk met een aantal gasten de grote eetzaal in. Er schijnt iemand kaarten te controleren, maar hun wordt niets gevraagd. Het is er vol. Mevrouw Gigengack en haar vriendin schuilen onder een palm en kijken rond in het hoge, belambriseerde vertrek met glas-in-loodramen en een soortement koepel.

'Het lijkt wel een kerk,' fluistert Beljaars. 'Tafels gedekt voor het avondmaal.'

'Iets te veel smokings voor Artikel 31,' sist mevrouw Gigengack terug.

'Maar zwarte kousen zat,' giechelt Beljaars.

Ze concluderen dat het geen vrolijke gelegenheid is. Er hangt een sfeer die niet zozeer plechtig te noemen is als wel killetjes.

'Het lijkt wel of iedereen elkaar hier kent,' zegt mevrouw Gigengack, 'maar dat ze niet echt blij zijn elkaar te zien.'

'Een congres van ontslagen oberkellners, wellicht,' oppert haar vriendin.

'Een reünie van de familie Klootwijk of Naaktgeboren.'

'De familie Doos.'

'Spleet.'

'Palenstein.'

'Tenenkaas.'

'Gigengack.'

'Beljaars.'

Proestend nemen ze een glas champagne van een langslopend blad en leggen hun oor te luisteren. Naast hen staan drie betrekkelijk jonge mannen, die kennelijk geen smoking kunnen of willen betalen, in zwarte overhemden tot hun kin gesloten en antracietgrijze pakken. Er gaat iets bleekzuchtigs van hen uit. Op school altijd het laatst gekozen bij de gymles. Voor eeuwig zinnend op wraak.

'Hij heeft volkomen gelijk,' zegt de een, die nauwelijks de jeugd-puisten ontgroeid is maar de bedaagde toon van een oude heer uitstekend treft. 'De commercie neemt hand over hand toe. Als het volk bloemkolen wil, krijgt het bloemkolen. Iedereen ver-bouwt bloemkolen. Zo leren ze nooit broccoli eten. Of schorsene-ren. Of artisjokkenharten. Of zucchinibloemen. Ik bedoel maar, van enige verfijning, van goede smaak zal bij een dergelijke ont-wikkeling minder en minder sprake zijn, we komen om in toe-gankelijke massaproducten, we glijden allemaal in limousines langs brede snelwegen en vergeten het avontuurlijke pad. Het ware, het goede en het schone verbergt zich in de schuilkerken van de geest. Hoe zich...'

'Het is zo geweldig ordinair,' valt de tweede in de rede. 'Cham-pagne! Kan het erger?'

'Daar zie ik de hapjes ook al komen,' zegt de derde. 'Ja hoor, zalmrolletjes.' Hij kreunt. Ze nemen alle drie een canapeetje en drinken hun glas leeg.

'Groenteboeren? Autoverkopers? Reisleiders?' vraagt mevrouw Gigengack.

'Ik gok toch op geestelijken van een erg vrijzinnige gemeente,' zegt haar vriendin.

'Misschien is het een sekte!' Mevrouw Gigengacks ogen worden groot, nee, niet van angst, want bang is ze nooit, maar van opwin-ding. 'Een sekte! Dat heb ik altijd gewild. Eten bij een sekte.' Als ze maar in de buurt blijft van de uitgang. Ze schuiven een klein stuk-je op.

'Haar gun ik het niet,' zegt een vrouw met uitgeplozen blond haar en een clownsgezicht dat hardnekkig van zichzelf denkt dat het aantrekkelijk is.

'Nee, het is niks, hè?' zegt haar gesprekspartner slijmerig ter-wijl ze schichtig om zich heen kijkt.

'Pretentieuze rommel. Krakkemikkige constructie. Opgeblazen stijl.' De blonde weer.

'Toch loopt het fantastisch.'

'Daarom juist.'

Nu zijn ze er bijna zeker van dat het om autoverkopers gaat, hoewel daarvoor te veel vrouwen aanwezig zijn. Rechts van hen spreekt een kleine man met grijs haar en een witte snor nauwelijks verstaanbaar met dubbele tong: 'Het eten is altijd lekker. Ik kom hier elk jaar. Altijd goed van eten en drinken. Verder kan het me geen reet schelen.'

Achter hen oreert een knappe man: 'Ik kwam er nooit aan toe. Maar nu moest ik wel. Fan-tas-tische ervaring. Geweldig. Ik geloof ook dat we een prima keuze hebben gemaakt. Een stevig robbertje gevochten. Maar zo hoort het ook. Met vijf eigenwijze mensen. Allemaal fantastisch.' Hij begroet de blonde vrouw allerhartelijkst. Zij doet allerhartelijkst terug. Mevrouw Gigengack lopen de rillingen over de rug.

'Uitstekende keuze,' zegt de blonde. 'Ik was het er helemaal mee eens.'

'Wie is jouw favoriet?' De knappe man raakt haar arm aan maar kijkt intussen blij verrast naar de boezem van mevrouw Gigengack, alsof het kompas eindelijk zijn noorden heeft gevonden.

'Dat kan ik niet zeggen. In mijn positie moet ik ze allemaal te vriend houden.' Ze lacht wat zij denkt dat een verleidelijke lach is. Haar masker breekt in duizend stukken.

'Welke van je vele posities bedoel je?' vraagt een man met een lijzig Fries accent. En zo gaat het nog een poosje door. Elke gespreksflard die ze horen, is doortrokken van venijn, zelfingenomenheid, rancune en aanstellerij.

'Nu weet ik het niet meer,' zegt mevrouw Gigengack tegen haar vriendin. 'Waar zijn we in godsnaam verzeild geraakt? Jaarbeurs voor jakhalzen?'

Ze gaan even zitten op twee gouden stoeltjes en nemen het gezelschap nog eens goed in zich op. Het zijn geen mooie mensen om te zien, denkt mevrouw Gigengack. Over het algemeen bleek en aan de belegen kant. Het jongere volk slecht gekleed en belazerd gekapt. Hier en daar staat een ongelukkige eenling te wachten tot hij of zij aangesproken wordt. Dat kan ook de bediening zijn. Mevrouw Gigengack wil wel een verlegen cosmetica-loos meisje naar een dito jongen brengen om haar goede daad voor vandaag gestalte te geven, maar er schuift een soort Repelsteeltje tussen haar en hen, een kalende kobold die tegen een grijnzende Piggelmee zegt: 'Maar jouw fonds is een derdewereldfonds, daar lul je niet zo een-twee-drie een grote naam in.'

'Ik raap alles op wat bij een ander uit de boot valt. En sommige boten zijn behoorlijk lek. Desnoods prik ik er een gat in. De rest koop ik. Of chanteer ik. Of beledig ik.'

'Dat heb ik niet nodig. Ik kan kiezen. Weet je wie laatst informeerde of wij hem wilden hebben, eventueel?'

Een schrille stem zegt boven alles uit: 'Als iets goed verkoopt is het slecht en als iets slecht verkoopt is het goed? Moet ik het zo zien?'

'Grosso modo, ja. Als werkhypothese deugt dat wel.'

'Je bent gek.'

Dat zijn ze allemaal, begint mevrouw Gigengack te denken. Wat is er mis met een gesprek over het weer, over de kinderen, over vakantie, over woninginrichting, desnoods over politiek? Ze wil weg, maar heeft nog niet gegeten en mevrouw Beljaars heeft zojuist een nieuw glas champagne geattaqueerd. Die is kennelijk aan de eerste dag van haar kwartaaldronk toe, want het is haar vierde flute. Mevrouw Gigengack heeft genoeg gehoord. Aanval is de beste verdediging. Ze besluit zich halsoverkop in de gesprekken te mengen, ook al heeft ze geen flauwe notie waar iedereen het over heeft.

Ze stoot haar weelderige boezem tussen een lilliputachtige man met wenkbrauwen als afdakjes, die stotterend over 'kwaliteit' heeft gesproken, en een hulkachtige reus die de stamelaar heeft overgoten met een douche van woorden en spuug. Kermisattracties, denkt mevrouw Gigengack, natuurlijk, dit is een conventie van kermisattracties en spullenbazen. Nou, dan is zij de vrouw met de baard.

'Kijk,' zegt ze met luide stem en ware doodsverachting, 'luister. De vraag wat is goed, wat is slecht is heel eenvoudig te beantwoorden. Wat goed is blijft, wat slecht is verdwijnt. Dat is een wet. Nee, een axioma. Een evidentie die niet te bewijzen valt. Al wat is, is goed. Als iets verdwijnt was het slecht. Je weet pas dat iets slecht was als het verdwenen is. Maar omdat het is verdwenen heeft niemand daar meer weet van. Alles is dus goed. Het is een kunst te voorspellen wat gaat verdwijnen en wat dus al die tijd dat het is, toch slecht was. Maar het is een goedkope kunst, want niemand zal de ziener voor zijn gelijk willen betalen, achteraf. Want wat weg is, is weg. Nu zien we het zelfs gebeuren dat er mensen voorspellen dat iets gaat verdwijnen omdat ze hopen dat het slecht is. En dat ze zelf blijven omdat je als je iets anders laat verdwijnen zelf blijft en dus goed bent. Naarmate ze dat harder roepen blijft datgene wat ze willen laten verdwijnen meer aanwezig. Ze werken dus tegen zichzelf in. Dat is heel erg grappig.'

Er hebben zich meer mensen bij het groepje gevoegd. Iedereen luistert. Op het laatste woord 'grappig' grinniken ze gehoorzaam. C'est le ton qui fait la musique, denkt mevrouw Gigengack. Het is niet wat je zegt, maar hoe je het brengt. Lul maar raak. Ze ziet instemmend knikken, er kiemt hier en daar bewondering in een blik, en iedereen schijnt te begrijpen wat ze bedoelt. Zijzelf echter niet. Mevrouw Beljaars begrijpt het ook niet. Die wurmt haar slanke postuurtje tussen Gigengack en de reus in en zegt snerpend: 'Waar heb je het over, schat?'

'Deze mensen hier zijn ofwel van de vereniging Kwaliteit Wint Altijd ofwel van de vereniging En Betere Waar En Tien Procent; ze moeten fuseren maar nu hebben ze problemen met het formuleren van hun doelstelling. Ik help ze op weg,' zegt mevrouw Gigengack.

'Wat ben je toch een filantroop,' zegt mevrouw Beljaars, maar ze struikelt een beetje over haar tong zodat het erg Frans klinkt: Un fil en trop. Een draad te veel. 'Gaan we al bijna eten?'

'Weet je wat,' zegt Gigengack, 'ik trakteer je op de Febo.'

'Vergeet je kip niet,' zegt Beljaars.

Der Geist der Musik

Het komt zelfs zover dat ze de muziek helemaal niet meer hoort. Mevrouw Gigengack kijkt haar ogen uit. Nu levert kijken tijdens een klassiek concert over het algemeen het minste rendement op. Er wordt gezorgd voor weinig afleiding. Iedereen is in het zwart. Iedereen blijft op zijn plaats zitten. Er wordt geen film op de achtergrond geprojecteerd waarin wuivend graan, een woeste zee of een klaterend bergbeekje de klanken onderstrepen met beelden. Zelfs dia's schijnen uit den boze te zijn. En wat kan een dia nou voor kwaad?

De dirigent, zeker zo'n aangenaam romantisch ogende maestro als Valeri Gergjev, is de enige die nog wat dramatische spanning suggereert. Emoties bruisen crescendo, bereiken een hoogtepunt en ebben dan sereen weer weg. 'Maar waarom staat uitgerekend zo'n dirigent dan met zijn rug naar me toe?' klaagt mevrouw Gigengack binnensmonds. 'Draai je om, man. Laat zien hoe je lijdt. Toon me hoe de muziek je naar de toppen van de extase voert.' Maar nee. Ze ziet niets dan zijn zwarte, schokkende rug, de wisselvallige plooien in zijn rokkostuum, de nek (ach, die nek!), de door het zweet steeds sliertiger wordende haren, en de geheven armen. Daar ze vooraan zit – mevrouw Gigengack zit overal altijd vooraan – meent ze af en toe een spatje te voelen, een mals buitje dat van de maestro op haar programmablad waait.

Ze verveelt zich een beetje, denkt aan wat ze anders doet tijdens het luisteren naar een cd-tje en hoe een nuttige activiteit als strijken of zegeltjes inplakken op de een of andere manier de aandacht voor de muziek verdiept. Schuberts kwintet in c onder het ramen lappen is altijd goed voor een paar waterlanders; in de Kleine Zaal houdt ze het met gemak droog.

Opeens wordt ze al peinzend getroffen door een merkwaardig fenomeen. 'Jandoppie!' zegt ze, 'dat is toch eigenlijk gek!' Het is iets heel gewoons, toch schokt het haar. Vanuit het epicentrum ter hoogte van haar middenrif vertrekt een beving, die haar nagellak doet barsten. Wanneer je iets ziet dat bij wijze van spreken overal te zien is, maar dat je nu pas in al zijn onverklaarbaarheid treft, dan is er sprake van een diep ingrijpende gebeurtenis. De wereld is niet meer dezelfde nadien. Een verschijnsel als een bolbliksem is zo uitzonderlijk dat het ons niet uit het lood slaat. 'Tenzij je het ding aanraakt natuurlijk,' geeft mevrouw Gigengack toe.

Kijk, daar zitten de violen. De strijkstokken bewegen in gelijke richting, eindigen even hoog of laag voor ze aan de terugtocht langs de snaren beginnen. What goes up, must come down. Wonderlijk, maar niet zo wonderlijk als het bewegen van de hoofden. De hoofden dansen op de muziek. Ze wiegen, knikken en nijgen, buigen en schokken. Iedereen lijkt op hetzelfde moment een klap te ontwijken. Zelfs de blazers, die met zo'n riet in hun mond of zo'n spruitstuk aan de lippen voorzichtig moeten zijn voor hun tanden, zelfs die proberen bij bepaalde noten zo diep mogelijk het hoofd te buigen. Als ze niet dieper kunnen of durven, trekken ze de wenkbrauwen heel hoog op, om aan te geven dat ze wel dieper willen.

Ze kijkt tersluiks om zich heen. Sommigen zitten met hun ogen dicht en doen precies hetzelfde als de muzikanten. Waarom? denkt mevrouw Gigengack, o, waarom toch? En waarom zó? Waarom moet je bij een sterk accent in de muziek het hoofd toch zo diep buigen? Ze probeert het na te doen. Het zit lekker. Het voelt goed. Het gaat vanzelf. Het is de juiste maat. Maar mevrouw Gigengack is niet voor één gat te vangen. Van nature tegendraads als ze is en tuk op het experiment, oefent ze de andere beweging. Bij een sterk accent houdt ze het hoofd stil, bij een licht accent nijgt ze diep. In plaats van *een*-twee-drie, doet ze een-*twee*-drie, en ook een-twee-*drie*. Dat is nog niet zo eenvoudig, maar na een tijdje heeft ze het onder de knie. De man die naast haar zit kijkt haar verstoord aan en doet 'sst', hoewel ze geen geluid maakt. Mevrouw Gigengack concludeert dat haar afwijkende beweging bij haar buurman een *ander* muziekstuk oproept. Alsof hij de muziek hoort bij wat zij doet.

De rest van het concert blijft ze nadenken over de relatie tussen lichaam en kunst. Als muziek een zo pregnante en gelijke motorische reactie ontlokt aan alle lichamen zonder dat er sprake is van een biologische noodzaak – je *hoeft* immers niet op de maat te buigen, dat heeft ze zelf bewezen – dan moet beeldende kunst dat ook doen. Voor haar geestesoog ziet ze de koppen van toeschouwers voor een schilderij. En hoe iedereen – niemand uitgezonderd – op een gegeven ogenblik het hoofd een tikje schuin zet. Naar links. Naar rechts. Zonder reden of doel. Mevrouw Gigengack is een enorme ontdekking op het spoor. Daarvan raakt ze zo opgewonden dat ze de Russische operadiva, wier spek van top tot teen drilt als een gelatinepudding, concurrentie aandoet. Luidkeels en verrukt zingt mevrouw Gigengack het slot van Mahlers Tweede mee: 'Aufersteh'n, aufersteh'n wirst Du.'

'En nu op naar het museum,' zegt ze als ze buiten staat.

De generatiekloof

Het regent dat het giet. Pijpenstelen. Bakstenen. Katten en honden. Oude wijven. De paraplu biedt geen bescherming meer. Het water slaat eronderdoor. De handen worden rood, koud, gevoelloos. De voeten worden zelfs in lederen laarzen zeiknat. Het goed kleeft aan het lijf. Blindelings opent mevrouw Gigengack een cafédeur. Haar ogen beslaan. Het is er druk en dampig. Het stinkt er naar de schoolgangen van vroeger, waar verschaald bier is bijgemengd. Ze sluit haar nutteloze paraplu en wurmt zich naar de achterzijde van het etablissement waar ze een verdwaalde lege stoel tegen de wand ziet staan. Een stoel om warm en droog op te worden.

Mevrouw Gigengack acht zichzelf oud genoeg om alleen een café binnen te stappen zonder meteen de verdenking op zich te laden los in de bloes te zijn. De denkbeeldige grens van begeerlijk naar negeerlijk is ze allang gepasseerd. Moest ze vroeger de aangeboden drankjes resoluut afslaan om haar blazoen onbesmet te houden, nu zou ze geen nee zeggen tegen een grocje, nu zou het haar reputatie alleen maar goeddoen, maar nu komt niemand op het idee. 'Het kan verkeren,' zegt Gigengack berustend Breero na. Er komt zelfs geen barman of ober op haar af om de bestelling te noteren. Ze doezelt een beetje weg in de warmte van het café. Het gesprek aan het belendende tafeltje bereikt echter haar oor en dringt erin door als het gif dat Hamlet in het oor van Claudius druppelt. Ze tilt een ooglid op om te zien wie aan het woord is.

Het is een man die vanaf zijn vroegste jeugd weet dat zijn bleke, weke hoofd met iets te dikke, zachte kamelenlippen (nibbelend aan woorden) nimmer een vrouw in het ongeluk zal storten, zelfs geen pukkelig meisje. De verbale begaafdheid die noodzakelijkerwijs tot enige compensatie moet leiden, bezit hij wel, sterker: hij slijpt elk woord tot een flonkerend en dodelijk floret, vreemd scherp uit die mollige mond, maar nog ligt het arrogante, veel te veeleisende damesdom niet aan zijn voeten. Geld heeft hij ook niet van zijn eigen, denkt Gigengack, want voor geld zijn vrouwen nog altijd bereid de weerzinwekkendste aller mannen tot kikker te kussen. Hij zal tegen de veertig lopen. Hij ziet ernaaruit alsof hij al zijn hele leven tegen de veertig loopt. Tot zijn tachtigste komt daar geen verandering in. De toon van zijn stem is zacht, overredend bijna. Toch hoort Gigengack een schrille bijklank. Het jongetje dat altijd zijn best deed en nooit door zijn moeder werd geknuffeld. Hij heeft er een achterbakse ambitie en een onoverwinnelijke lafheid aan overgehouden, koestert een rancune tegen alles wat ouder is en wat jonger is, alles wat vrouwer en manner is, alles wat schrijver en dichter is, succesvoller of teloorganger is. Kortom: tegen alles wat niet hij zelf is.

'...talentloze pretentie!' sluit hij een van zijn monologen af.

Zijn gehoor bestaat uit twee spichtige in het zwart geklede meisjes, die sloom 'ja, ja' knikken. Een van hen probeert een voorzichtig 'maar...' ertussen te gooien, doch moet bakzeil halen.

'Vanaf hun geboorte hebben ze het gezocht in massa, omvang, gewicht. Stuk voor stuk zijn ze te schijterig om alleen de geschiedenis tegemoet te treden, maar met z'n allen claimen ze het recht de geschiedenis gemaakt te hebben, de wereld uit het lood te hebben gezet, de sterren uit de hemel te hebben gezongen, met bloed hun namen in het grote boek van de mensheid geschreven te hebben. Dat denkt te kunnen schrijven! Het is geen schrijven. Het is stamelen. Was het nog maar stamelen. In stamelen schuilt iets authentieks. Het is brallen, bellen blazen, breedspraak. Het is één grote samenzwering van dromers en illusionisten, luiwammesen en nitwits, navelstaarders en pauwenstaarten, schreeuwlelijken en mantraprevelaars, egoïsten en narcisten, het is een gigantische bastaardhond die aan de slang van de tijd is gevoerd, door het lijf wordt gewrongen in een wanstaltige vertekening van de demografie, en die nu langzaam bijna tot de staart is gevorderd, goddank, en verteerd en uitgekakt kan worden zonder ook maar één voedzame bijdrage te hebben geleverd aan het slangenleven. Alleen maar aandacht en energie vragen. Niets geven. Nemen. Nemen. Nemen. Ik haat ze.'

Hij haalt adem.

'Ik lust nog wel een biertje,' zegt een van de twee meisjes. 'En jij?' vraagt ze aan haar vriendin.

'Ik ook wel.'

'Bestel er voor mij ook een,' vraagt mevrouw Gigengack. 'Naar jou kijken ze nog om.'

Het meisje grijnst en staat op. De vriendin ook.

'Ik stuur hem wel deze kant op.' Ze dringen zich richting bar.

'Ik dacht dat ze bij u hoorden,' zegt Gigengack tegen de kameel. Die kijkt haar alleen maar vernietigend aan. Gigengack richt zich op. 'Neem me niet kwalijk dat ik uw monoloog heb afgeluisterd, maar over wie had u het eigenlijk?'

'Ik had het over schrijvers, mevrouw. Over schrijvers, die hun hippe jeugd als roos op hun schouders dragen. Om wie het sneeuwt van witte herinneringen. Die het zicht op de werkelijkheid en de toekomst wordt ontnomen door een mist van zelfbewieroking. Houdt u van literatuur? Ja natuurlijk houdt u van literatuur. U ziet eruit alsof u in een leesclub zit met veertien middelbare vriendinnen om de buitenechtelijke escapades van een romanfiguur te becommentariëren met uw provinciaal moralisme. En u houdt van Anna Enquist en Karel Glastra van Loon.

Laat me raden: u vindt Thomas Rosenboom wel goed maar te langdradig, A.F.Th. schrijft te dikke boeken en van P.F. Thomése heeft u pas gehoord toen hij dat boek over zijn dode kindje schreef.'

Mevrouw Gigengack besluit de impliciete belediging te negeren. 'Wat doet u voor uw vak?' vraagt ze vriendelijk.

'Ik ben literair criticus,' zegt de kameel. 'Als u van literatuur houdt kent u me wel.'

'Ik houd van literatuur,' zegt mevrouw Gigengack. 'Daarom ken ik u niet.'

De man is niet uit het veld geslagen, noch beledigd. Hij heeft haar gewoon niet gehoord of verkozen niet te horen.

'De Nederlandse schrijvers verdienen straf. De gesel. De roede. De zweep moet over dat stelletje geborneerde babyboomers en over de miserabele producten die ze in hun zweterige klaslokalen hebben opgeleid tot de Jago's van de natie.'

'U praat wel leuk,' zegt mevrouw Gigengack peinzend. 'Is er ook een schrijver die uw goedkeuring kan wegdragen?'

'Welzeker, maar ik noem hun namen niet, want dan zouden ze ten prooi vallen aan de smaak van het Kruidvatpubliek, dan zouden ze maar verwaand worden door de geur van het succes, dan zouden ze maar koket gaan schrijven, dan zou ik mijn geloofwaardigheid verliezen, en bovendien houd ik alleen maar van mensen die dood, en bijna dood zijn, die dood willen, die ongelukkig zijn of die nog lelijker en onbeduidender zijn dan ik.'

Het biertje komt door.

'Proost,' zegt mevrouw Gigengack tegen de veertiger. 'U zult wel eenzaam zijn.'

'Ik heb veel vrienden.'

'Dat bedoel ik.'

Het gesprek stokt. Mevrouw Gigengack begrijpt dat ze geen partij wordt geacht voor de parels die – zo hij wil – recht van zijn lippen de zwijnenstal in rollen. Want ze is vrouw. Ze heeft een zekere leeftijd bereikt. Ze zou misschien wel de kille zelfzuchtige moeder van de kameel kunnen zijn. Ze ruikt de angst en de weerzin van de mensenhater die als een koppig parfum om zijn grauwe persoonlijkheid hangt. Mevrouw Gigengack wordt verrast door het mededogen dat warm door haar aderen glijdt zodat ze haar hand optilt, die vervolgens neerdaalt op de pluizige haardos van de literaire criticus. De woede, de rancune, de zelfhaat en de katholiek aandoende huichelarij voelen aan als een kluwen staalwol die in de gietijzeren ingewanden van de man kraakt en schuurt en schuift en zich een moeizame weg baant uit al zijn lichaamsopeningen.

'Jongen toch,' zegt ze. 'Jongen toch. Huil maar eens flink. Dat lucht op.'

Tot haar nog grotere verrassing kijkt de literair criticus haar met een intens gewonde blik aan. Ze ziet hoe de tranen de randen vullen langs de bolle lafblauwe ogen, hoe ze overstromen, hoe het snot uit zijn neus loopt, hoe een oersnik zich uit de knarsende keel wringt. Uit de weeë, lauwe lucht die opstijgt uit zijn kruis merkt ze dat hij in zijn broek pist. Nu ja, dat deed Freud ook op zijn wandeling met Jung.

De eerste gedachte

Als mevrouw Gigengack wakker wordt is haar eerste gedachte: er klopt iets niet. Haar tweede gedachte laat op zich wachten. Er gaapt een verschrikkelijke leegte achter de zin dat er iets niet klopt. Die afgrond hoort er niet te zijn. Het uitblijven van de volgende gedachte is nu juist wat niet klopt, want op de eerste hoort een tweede te volgen, maar hoe kon zij al voor het gebeurde weten dat er iets niet zou gaan kloppen. 'Er klopt iets niet' is gevolg, geen oorzaak. Het is onbegrijpelijk dat de eerste gedachte als het ware een bepaling aankondigend voornaamwoord is van een non-existente bepaling, waardoor dat voornaamwoord geheel in de lucht komt te hangen. Eigenlijk kan door het ontbreken van de tweede gedachte ook de eerste gedachte, die het ontbreken van de tweede betreft, niet gedacht worden. Een eeuwigheid oftewel een seconde later – kenners weten dat daar geen verschil tussen bestaat – komt het denkraam van mevrouw Gigengack weer op gang.

Ik geloof dat de zon schijnt, denkt ze. Dat is naargelang men wil haar eerste, haar tweede of haar derde gedachte, in aanmerking genomen dat men de afgrond waarin geen gedachte ontstond toch een gedachte zou willen noemen, een gedachte met negatieve massa dus: een neutrino of een positron of hoe zo'n spookdeeltje ook mag heten. In hoeverre bestaat iets of iemand door niet te bestaan? Hoe kan afwezigheid tevens aanwezigheid zijn? De eerste twee, inmiddels verdwenen gedachten hebben wel degelijk een spoor nagelaten in mevrouw Gigengack. Ze behoudt de hele dag een zoekend gevoel, als een eend achter wie de ratten haar kroost hebben opgegeten. Er was iets, maar wat was er nou. Volgens beproefd recept loopt mevrouw Gigengack keer op keer de weg terug die ze zojuist is gegaan om te zien of ze op haar punt van uitgang zich herinnert wat er ook alweer was, waarnaar ze zocht, wat ze wilde pakken, zeggen, doen. Zo gaat ze steeds twee stappen vooruit, een achteruit, drie stappen vooruit, vier achteruit, een stap vooruit, twee achteruit, tot ze weer in haar bed ligt en haar ogen opslaat. Er klopt iets niet, denkt mevrouw Gigengack.

Genieten

Het is het dode uur van de dag. Tien voor halfvijf. Zestien uur vijf-entwintig. 'De thee is geweest, de borrel nog niet daar, in werken geen zin meer, het werk is al klaar.' Mevrouw Gigengack neuriet het zelfgevonden rijmpje. Inderdaad. Het werk is voorlopig gedaan. Haar dagproject: een rusthuis voor klapvee, is in een beslissend stadium beland. Ze weet dat ze zich nu even koest moet houden om de sponsor de gelegenheid te geven de eer voor het idee op te strijken. Ze schept er genoegen in haar medemensen te doen geloven in hun eigen voortreffelijkheid. Daarin schuilt de hare. Ze zucht. Wat dus nu? Gigengacks muts staat parmantig naar genieten. Genieten is een aangenaam tijdverdrijf. Daar heeft ze van tijd tot tijd recht op en zin in.

Denk niet dat mevrouw Gigengack gezien haar omvang en haar preferenties veel noten op haar zang heeft wat genieten betreft. Beledig haar niet door te veronderstellen dat ze nu dus een doos pralines te voorschijn haalt om die achter elkaar naar binnen te werken tot de roomvulling in haar ampele decolleté druipt en de chocolade bruin en vochtig in haar mondhoeken glimt. Evenmin scheurt ze met verwilderde blik en vlijmscherpe tanden een zak chips open teneinde die te vermalen tot haar verhemelte rauw is en haar kaken stijf staan. En nee: ze speelt geen video af met Yves Montand. Hij is dood, ze is geen necrofiel. Eenmaal is ze om definitief afscheid te nemen naar zijn graf gegaan op Père-Lachaise, ze heeft demonstratief Simone Signoret, die naast hem ligt, de rug toegekeerd en heeft lang en indringend tegen het trouweloze gebeente gesproken dat daar in de aarde lag uit te rusten van hevig leven. Hij was toen nog niet opgedolven voor een postume vaderschapstest. Ze stelde zich voor hoe het vlees van de botten rotte, hoe de grijns van de valse tanden breder en breder werd tot het gebit losjes en roze naast de schedel viel, hoe dat lijf, dat heerlijke lijf, hapje voor hapje door de wormen werd weggevoerd. 'Ach, Yves!' zei ze. 'Ach! Ach! Ach!'

Nee, om te genieten heeft mevrouw Gigengack geen hulpstukken nodig. Geen voedsel, geen man, geen elektrisch aangestuurde trildingen. Genieten is een wilsbesluit. Ze hoeft daarvoor alleen maar zichzelf in een bepaalde positie te brengen, een aantal inwendige hendels over te halen, bewaakte overwegen te sluiten, seinen op rood dan wel groen te zetten, en hup, daar zet de trein van het grote genieten zich in een eenparig versnellende beweging. Sjjjjehoehoehoe, sjjjjehoehoehoe, ssssjjjjjjjjhoehoehoe. Het bloed stroomt sneller door de aderen, vertakt zich tot in de kleinste haarvaten, sleept hormonen en andere genotstoffen langs alle stations van huid en haar. Mevrouw Gigengack zit roerloos in haar relaxfauteuil maar elke Gigengackcel is actief. Ze raast langs wijde vergezichten, verliest zich in zachtheid, voelt ook op bevriende plekken een prettige hardheid, die tevens zachtheid genoemd kan worden, wordt helemaal in haar eentje een bubbelbad, een jacuzzi, een massagedouche, een bos wilgentenen, een hoop maagdelijke sneeuw...

Daar gaat de bel.

Als bij toverslag kruipt het genieten in zijn schulp. Het is of de film versneld achteruit wordt gedraaid: Hoejjjsss! trekt het zich terug. Het duurt even voor mevrouw Gigengack weer in zijn vrij staat, vanwaar ze naar de eerste versnelling kan. Tring. 'Jaja, ik kom eraan.' De relaxfauteuil helpt haar overeind. Ze kijkt op haar horloge. Het is waarachtig al halfzes. 'Toch is het jammer,' mijmert ze, terwijl ze naar de deur loopt, 'dat juist tijdens het genieten de ervaring van tijd indikt. Dat ik de tijd die ik verlangen wil, verkort...' parafraseert ze P.C. Hooft. 'Daarom is het leven een tranendal, een aaneenschakeling van droefenissen. Maar als ik eerlijk ben geniet ik even lang als dat ik lijd.' Ze is bij de deur gekomen en opent hem. Op de stoep staat God. Hij heeft een bos bloemen bij zich en een kaartje. Die reikt hij haar aan. Hij spreekt niet. Kan hij niet spreken? Is hij gemarteld? Hebben ze zijn tong uit zijn mond gesneden? Jammer. Ze leest het kaartje, al kost het haar moeite haar blik van zijn stralende gestalte los te rukken.

'Ik ben door uw goede vriendin mevrouw Beljaars gevraagd u van harte te komen gelukwensen met wat u maar wilt en u enkele momenten van vakkundige ontspanning te gunnen.'

Mevrouw Gigengack staat als aan de grond genageld. Dan zegt ze: 'Nou, kom dan maar binnen met je knecht.'

Ze hoort een zacht geruis en geklik. Sj. Klik. Hoe. Sj. Klik. Hoe. God zet zich in beweging.

De nacht

Hoewel mevrouw Gigengack bepaald niet bang is, net zomin als ze bleu, bars, braaf, bits, blind of blond is – om bij de b te blijven –, heeft ze altijd zo tegen middernacht net voor ze zich ter ruste begeeft, een onverklaarbare aanval van de bibberatie. Alles heeft ze geprobeerd om zich te bevrijden van die beklemming. Blindelings het bed bespringen. Buitenissige bidstonden houden. Bizarre brieven bezorgen. Balboekjes beduimelen. In braadsleden braken, Belgen beledigen, brandweerlieden bedwelmen, en ten slotte heeft ze zelfs bruidstaarten gebakken. Niets hielp.

Mevrouw Beljaars raadt haar aan naar een Chinees centrum op de Ceintuurbaan te gaan, alwaar haar cognitieve cortex door chaostherapie uit zijn cumulatieve claustrofobie zal worden geciseleerd.

'Laat naar je cijcken,' beveelt mevrouw Gigengack haar welmenende vriendin. 'Het is simpel,' zegt ze. 'Ik doorsta elke avond de angstgolf voor ik over de rand van de slaap val, of ik blijf op. Nooit meer slapen.'

Dat laatste vooruitzicht trekt haar aan. De individuele vorm van de vierentwintiguurseconomie zal haar effectiviteit met zo'n acht uur per dag uitbreiden. Ze zal een derde langer leven. 'Gaan we uit van een gemiddelde van tachtig levensjaren voor de vrouw, dan doe ik er virtueel nog eens pakweg vijfentwintig bij. 'Ik word honderdenvijf,' zegt ze trots.

'Minus de schade aan je gezondheid die je lijdt door niet te slapen,' zegt mevrouw Beljaars pinnig. 'En dat kon wel eens vies tegenvallen. Je haalt de zeventig niet.'

'Ben je gek!' zegt Gigengack vol vertrouwen.

Maar helemaal zeker van haar zaak is ze niet. Dat blijkt. Na drie doorwaakte nachten loopt ze om tien uur 's morgens al licht te hallucineren en geen Leco van Zadelhoff die nog haar wallen kan stutten. Het is een kwestie van wennen, besluit ze. Het lichaam went aan alles, aan eten en drinken, aan drugs en alcohol, aan liefkozingen en slaag, aan bitter en zoet. Aan vaak en dus ook aan waak. Doorgaan. Volhouden. Ze moet maar veel zingen om wakker te blijven. 'L'amour est un oiseau rebelle...' zingt ze. Een klein snokje. Haar stem klinkt zo geknepen als een uitgewrongen dweil. Nog een keer dan maar: 'L'amour est un oiseau rebelle...'

Opeens begint ze te huilen. En waarom weet ze niet. Het water stroomt gewoon uit haar ogen, rolt langs haar wangen, stort zich in dikke druppels van haar kaak op haar decolleté, verzamelt zich in haar *cleavage* en stroomt via haar navel uit naar de delta tussen haar benen. 'M'n klompen staan vol en het regent niet,' snikt ze.

Als ze klaar is met huilen, wat nog verrekte lang duurt, en ze haar neus eens flink heeft opgehaald, beseft ze dat ze raad moet schaffen. Om de angst voor de nacht en het eenzame avontuur van de droom te ontwijken is ze vooruit gevlucht naar de doordringendste melancholie en verlatenheid die ze ooit heeft ervaren. Net de tuinman en de dood.

Natuurlijk, dat is het! Er gaat een licht aan. Voortaan zal ze overdag slapen. Bij het krieken van de ochtend, als de dageraad in de donkerste harten de hoop doet herleven, gaat zij naar bed. Geen angst meer voor het holst. Slaap zal een simpele verkwikking van het lichaam zijn en niet meer het voorgeborchte van de dood. In het irrationele hoekje van mevrouw Gigengacks geest is de slaap namelijk een alkoof met twee deuren: de een is verbonden met het leven. Door die deur gaat men over het algemeen in en uit. De andere deur is de poort naar de dood. Ze is bang dat ze zich in haar slaap zal vergissen en op zoek naar de ontwaakdeur de deur van de dood zal ontsluiten. En dat ze dan naar binnen gezogen wordt in een wervelend zwart niets, een eeuwig vallen. Wat een dagslaap daaraan kan verbeteren weet ze zo een-twee-drie niet of het moet zijn dat het buiten licht is, zodat de goede deur behoorlijk zichtbaar is. Ze neemt de proef op de som en valt uitgeput tussen de koele lakens.

En haar kleine leven is omringd door slaap...

De dozen

Mevrouw Gigengack zit tot over haar oren in de overgang. Al is de beeldspraak niet erg geslaagd, 'op het smakeloze af' naar ze zelf zegt, hij is toch to the point. De vleugelslag van de Hete Dood, de laatste minnaar van elke rijpe vrouw, wrijft Gigengacks oorlellen zeker zo'n driemaal daags roodgloeiend, alsof haar een schunnig verhaal wordt verteld.

'Leuk is anders,' zegt ze tegen haar spiegelbeeld. Ze is opeens bij het sorteren in een andere doos terechtgekomen. De wil-nie-mand-meer-hebbendoos. Nog goed draagbaar, maar uit de mode. Straks in een liefdadigheidszak naar de Balkan.

'Wat gaan we eraan doen?' voegt ze kordaat als altijd eraantoe. Maar het blijft stil. Ze moet de vraag herhalen. Weer blijft ze zichzelf het antwoord schuldig.

'Ik kan natuurlijk voor de trein gaan liggen,' overweegt ze. Nee. Dat niet. Onsportief is ze nooit geweest. 'Ik speel de wedstrijd uit. Ik ga vanzelf wel dood. Waarom hem haasten die dagelijks sneller naderkomt.'

Het is zaak van de nood een deugd te maken. Van de dood een neugd. Een laatste keer te vlammen. Het roer kan vast nog wel een keertje om. Edoch, waarheen? Om te weten waarheen lijkt het haar zinvol te kijken waarvandaan. Want stel dat je ergens heen gaat waar je al bent geweest. Een beetje zonde van de tijd. Welk patroon vertoont het weefsel van haar leven tot nu toe? Welk motief keert weer? Welk verlangen bleef nog onvervuld? Aan die laatste vraag valt natuurlijk niet te beginnen. In de eerste plaats omdat er te veel verlangens hongerig hijgen naar vervulling. En in de tweede plaats, zegt ze filosofisch, omdat verlangens onvervuld dienen te blijven, uit de aard van hun karakter. Wat is het leven zonder verlangen? Wat is het leven zonder knagen? Een oppe slagroomsoes.

Geen van mevrouw Gigengacks Beroemde Projecten voorziet in een antwoord op vragen als: waarheen? of: waarvandaan? En nu het toch over de overgang gaat: als iets een overgang is, dan is het wel de brug tussen het waarvandaan en het waarheen, waarop men zich voortdurend bevindt. Had de heer Heidegger niet ooit eens een dik en onbegrijpelijk boek geschreven over juist die positie, die niet alleen een ruimtelijke is maar uit de aard der zaak ook een positie in de tijd? De mens zittend op het zadel van zijn en tijd.

'Hortsik,' roept mevrouw Gigengack uit.

Uit haar archief, dat mevrouw Gigengack op eigenzinnige wijze heeft geordend, noch naar jaar noch naar alfabet maar naar nabij en veraf, in concentrische cirkels om haar heen en dat dus loopt van de doos met 'innerlijk leven' via de doos met bijvoorbeeld 'dode vrienden' naar de doos met 'astronomie' en de doos met 'prehistorie' die natuurlijk, zoals iedereen weet, in een punt in de verte samenkomen, want hoe dieper je het heelal in kijkt, des te verder kijk weg je in de tijd, uit dat archief dus pakt mevrouw Gigengack de doos met 'levensfeiten', een doos uit de eerste ring. De doos is niet erg vol. Hij bevat snippers papier met korte aantekeningen in het genre: april 1983 blindedarm verwijderd, 17 augustus 1979 nieuw bankstel gekocht. Parbleu! Was dat een levensfeit? Het was een feit in het leven van het bankstel, maar toch nauwelijks richtinggevend in het leven van een dame? Wat had haar bezield? Hoe kon een bankstel ooit een rol spelen bij de beantwoording van de vraag waarvandaan? Toch legt ze het papiertje terug. Iets heeft haar destijds ertoe aangezet dat bankstel te promoveren tot levensfeit, en dat ze zich nu niet meer kan herinneren wat toen het belang was van het bankstel, doet er niets aan af dat het toen een vermelding waard was en dus zijn belang eeuwig en altijd zal behouden. Wie is zij om haar oude zelf te corrigeren? Al rommelend komt ze wel erg veel aantekeningen tegen van bankstelniveau, waarop ze besluit de doos te sluiten en een andere 'waarvandaan'-doos te pakken.

'Bezochte landen.' Als iets waarvandaan is, dan dat wel. Het was vóór het bezoek waarheen geweest en werd nadien waarvandaan. Het bezochte land was de overgang van waarheen naar waarvandaan. Een omgekeerde overgang dan die ze wenst te maken. 'Als ik mezelf nog kan volgen,' mompelt ze. Het is een vingerwijzing. Mevrouw Gigengack gaat naar een land dat ze nog niet heeft bezocht.

'En ik blijf er heel erg lang,' zegt ze tegen zichzelf. Zolang de overgang duurt. De hete dood mag haar oorlellen komen wrijven in Kazakstan of Ecuador, terug in Nederland wil ze overal vanaf zijn. Alsof de overgang niet heeft plaatsgevonden. Dat is het, denkt ze, ik knoop het waarvandaan rechtstreeks aan het waarheen. Zonder overgang. Ik ga daarheen waar de overgang me niet kan vinden. En er zit niets anders op dan niemand te vertellen waar ik heenga. Zo zie je me, zo zie je me niet, zo zie je me weer. En als iemand zegt: 'Wat heb ik je lang niet gezien. Waar ben je geweest?' dan zeg ik vol overtuiging terug: 'We hebben elkaar gisteren nog gezien. Weet je dat niet meer?' Zij moeten maar bewijzen dat het niet zo is. Hun probleem.

Welk land heeft mevrouw Gigengack nog niet bezocht? Waar zou ze zich graag een tijd voor de overgang verstoppen? Aan welke voorwaarden moet het verblijf voldoen? Er moet elektrisch licht zijn. Een geringe menselijke aanwezigheid in de wijde omtrek wordt op prijs gesteld, maar zij behoeven niet een taal te spreken die mevrouw Gigengack beheerst. Liever niet zelfs. Door haar geweldige eruditie wordt de keuze nu al aanzienlijk beperkt. Romaanse, Germaanse en Angelsaksische landen vallen buiten de boot. Ze vreest dat ze zichzelf tot het platteland van Mongolië heeft veroordeeld en ziet zichzelf al bedekt met vele lagen zelfgesponnen jakwol haar potje geitenvlees koken, terwijl haar ger wankelt in de straffe wind die over de kale heuvels vanuit Siberië aanblaast. Of zou ze zich veilig en geborgen weten op een eiland naast de Marianentrog in de Stille Zuidzee?

Ze zet de cd-rom aan met Wolters Noordhoffs Wereldatlas en scrollt blind langs de lijst plaatsnamen. Het is het moderne equivalent van een speldenprik op een globe of tussen de bladen van een atlas. De eerste tref is Sapatgram in India Assam. Mevrouw Gigengack denkt aan thee. Dat is niet gek. Een tocht naar de bron. Het plaatsje ligt in een noordelijke uithoek van India vlak bij Myanmar, Bangladesh en Bhutan. 'Daar ben ik nog nooit geweest, dat weet ik zeker.' Er zal ook een plaatselijk dialect van het Hindi worden gesproken, dat ze niet beheerst. Elektrisch licht? Vast wel. Maar bepaald niet een geringe menselijke aanwezigheid in de wijde omtrek. India miegelt van de mensen. Miljarden! Nog eens scrollen. Cholli, Nigeria. Elektrisch licht twijfelachtig. Mensen: veel. Dialect: onverstaanbaar. Een buurt bovendien waar vrouwen worden gestenigd. Niet doen Gigengack, je zou onmiddellijk een letterlijke kruistocht beginnen tegen mannen die dergelijke wetten toestaan en uitvoeren en hen aan hun kloten ondersteboven in een draaimolen hangen. Wereldpers halen en goodbye anonimiteit. Hello overgang. Ze komt nog op plaatsen in Zambia en Maleisië en Noorwegen terecht, maar overal blijkt wel iets te ontbreken. Ofwel er is geen licht, ofwel ze spreekt de taal, ofwel er zijn te veel mensen.

'Innere Emigration.' Het antwoord op al haar vragen flitst aan als een neonreclame boven Las Vegas. Ze gaat in de innerlijke ballingschap. Ze blijft zitten waar ze zit, ze verroert zich niet, ze houdt haar adem in en stikt niet. Mevrouw Gigengack prepareert zichzelf voor de reis als iemand die de perfecte misdaad voorbe-reidt.

Ontwrichting

'Langdurige ontwrichting,' leest mevrouw Gigengack. 'Langdurige ontwrichting van de relatie is een scheidingsgrond.' Ont-w-r-ichting. Het woord is bijna een klanknabootsing. Als de mond, de tong, de tanden en het hele spreekapparaat zulke capriolen moeten uithalen om dat woord een beetje compleet en verstaanbaar uit te spreken, wordt daardoor de betekenis al duidelijk. Alles kost moeite, de klanken draaien zwaar als een dikke natte dweil rond de w, de arm is uit de kom. Mevrouw Gigengack loopt er de hele dag mee rond. Met dat woord. Maar ze loopt niet lekker. Haar dijen schuren vochtig tegen de harde stof van haar pantalon. De sluiting ervan schurkt zich in een diepe nis net onder haar navel. Het snoezige bloesje dat ze in de uitverkoop verschalkte vertoont enige spanning bij het knoopje dat precies over de buste sluit. En dat is nog niet alles. Vanbuiten zit het niet lekker, lichtelijk ont-w-r-icht, vanbinnen zit het nog minder lekker. En dat komt niet omdat het vanbuiten niet lekker zit. Heb je een relatie nodig om ont-w-richt te zijn, of kun je dat ook met jezelf?

Mevrouw Beljaars zegt aan de telefoon dat het van de overgang is, de hormoonschommelingen veroorzaken wisselende stemmingen, en ze raadt haar vriendin diverse kruiden, aromatische oliën en andere dubieuze middelen aan die de kwade sappen afvoeren en de goede gedachten stimuleren. Daarvan is mevrouw Gigengack niet gediend.

'Zo kun je alles wel op de overgang gooien. Ik kan best tegen schommelen. Wetenschappelijk is komen vast te staan dat alleen de omhelzing van de hete dood, de opvlieger, met hormonen te maken heeft. Al het andere is inbeelding. Of een echte ziekte die je ook krijgt zonder overgang. En tegen een echte ziekte helpen alleen echte geneesmiddelen en geen hocus-pocus. Althans niet bij mij, een redelijk denkend wezen.'

Mevrouw Beljaars doet er het zwijgen toe, dat wil zeggen: ze gaat soepel over op een ander onderwerp van gesprek, en denkt er het hare van. Ook prikkelbaarheid behoort tot de overgangsverschijnselen. Ze weet er zelf alles van. Ze spreken af een bustocht te gaan maken met bejaarden om zich een dag lang onverantwoordelijk jong en gezond te voelen. Aan het eind van het gesprek propt mevrouw Beljaars er nog een bijzinnetje bij, dat ze 'er toch maar eens naar moet laten kijken. Dag.' Mevrouw Gigengack houdt perplex de telefoon in haar hand en kijkt naar het ding alsof ze net met een plastic zakje de warme drol van een hond heeft opgeraapt. Ernaar laten kijken?! Waarnaar? Wat bedoelt Beljaars? Ze belt haar vriendin terug.

'Waar moet ik naar laten kijken?'

'Naar je hormonen.'

'Ik kan ze zelf niet eens zien, laat staan dat ik er een ander naar kan laten kijken.'

'Tong en nagels,' zegt mevrouw Beljaars, 'meer hoef je niet te laten zien. Het is reuze clean,' en ze gaat in één adem door met een adresje dat ze heeft gekregen van een homoseksuele vriend, een adresje van een vitaminedeskundige, die in de aanslag op haar tong feilloos kan zien tot welke ziekten ze geneigd is, welke ze heeft gehad en welke ze alsnog kan krijgen. Daarna schijnen de halve manen van de nagels perfecte verraders te zijn van de gevoeligheid voor pittige spijzen en dus galproductie die weer verantwoordelijk wordt gehouden voor de stemming. De mate waarin de nagelriemen vuil vasthouden of afstoten zegt alles over de hormonen. 'Geen naalden, geen bloedprikken, geen injecties, geen kijkoperaties, geen vreselijke pillen met bijwerkingen, alleen een uitgewogen, *personalized custom-made* repertoire aan vitaminen,' zegt Beljaars buiten adem.

'Maar ik kan geen vitaminen slikken. Ik stik in die pillen. Die zijn mij te groot. Ik kokhals als ik ernaar kijk.'

'Je kunt ook altijd nog naar de plastische chirurg of naar de melkzuurkliniek van Conny Breukhoven.'

'Omdat ik last heb van de overgang?!'

'Een facelift of een lipo zetten de klok tien jaar terug.'

Mevrouw Gigengack protesteert dat ze dan voor de tweede keer door de overgang heen moet en dat haar dat niet gezien is. Mevrouw Beljaars zegt dat ze niet zo moet zeuren. Dat niemand haar meer een plezier kan doen of een goede raad kan geven. Dat ze helemaal geen prettig gezelschap meer is. Dat ze erg in haar nadeel is veranderd. Kortom: dat ze er eens naar moet laten kijken. Over prikkelbaarheid gesproken, denkt mevrouw Gigengack, en ze barst in een heilzaam gelach uit. Intussen bestudeert ze haar nagels. Ze luistert met een half oor naar de maatregelen die mevrouw Beljaars heeft getroffen om de overgang te nemen als was het de Hindu Kusj. Het is anders, denkt ze. Het is meer. Het is ontw-richting.

Na het gesprek steekt ze haar tong uit tegen haar spiegelbeeld en tracht in de aanslag haar eigen ziektegeschiedenis terug te lezen. Waar zit die blindedarmontsteking? En waar het gebroken been? Waar de zware bronchitis? En waar hebben haar geknipte amandelen hun spoor achtergelaten? Ze ziet vooral een residu van de bosbessentaart die ze bij de koffie heeft genomen.

Fitness first

Bij de kapper bladert mevrouw Gigengack wat glossy's door. Daar wordt ze altijd een beetje high van. Zoveel oppervlakkigheid, zoveel valse lucht, zoveel nodeloze opwinding, zoveel strakke leeghoofdigheid, daar kan gegarandeerd geen spacecake tegenop. Alles voor de sier. Ze kijkt om zich heen. Ook zij is hier voor de sier. Iedereen is hier voor de sier. De man naast haar staart voor zich uit. Tegenwoordig is alles maar gemengd, denkt mevrouw Gigengack gemelijk. Dat is toch niet goed. De man schijnt niet aan sier te denken, maar aan zijn laatste oortje. Hij wacht tot de kapster hem komt uitspoelen. Hij heeft zijn haar bij laten verven. Ze ziet het aan de glanzend zwarte plukjes aan de zijkant. Doe maar alleen de vleugels, heeft hij gezegd. Een heel gewone man, ziet Gigengack, geen nicht of kunstartiest, maar een bankemployé of een advocaat. Met grijsfobie. Oudvrees. Ze zucht. Ze voelt met hem mee. Het wordt alleen maar erger, wil ze hem bemoedigend zeggen, hand op zijn onderarm, zijzelf met haar hoofd vol highlightpakketjes het toonbeeld van de boze stiefmoeder.

Al die miljarden lijven ter wereld die alle gekleed en gekapt moeten worden, hoe summier ook. Al diezelfde lijven. Qua principe is er geen verschil tussen haar en Britney Spears, of om in dezelfde leeftijdklasse te blijven Catherine Deneuve. (O, nee, niet aan Deneuve denken, die mollige godin! Mevrouw Gigengack wordt gegrepen door moordlust als ze aan Deneuve denkt.) Iedereen heeft hoofd met haar, hals, romp met armen, benen. En hoe dat tegen schaamte en kou bedekt wordt, is ook niet zo wereldschokkend gevarieerd. Buis, bloes, trui voor de bovenkant, rok of broek beneden. Vrouwen weten daar nog kraak en smaak aan te geven, maar mannen! De mannenmode, wat een treurige saaiheid! En binnen die saaiheid van hemd, broek, jas luistert het nog nauw ook. Heel nauw. Ze gaan zo over of onder de schreef. Bijna geen enkele man kleedt zich precies op het snerp van de schede.

Mevrouw Gigengack werpt een blik op haar nietsvermoedende buurman die almaar als een geslagen hond voor zich uit zit te staren naar zijn eigen spiegelbeeld. De kapperskiel verbergt zijn kleding, maar de broek is als verwacht: antracietkleurig, de schoenen zwart en niet gepoetst. Vanboven bont, vanonderen stront, zou mevrouw Gigengacks moeder dan smalend hebben geroepen. Achter hen lopen de kappers en kapsters kek heen en weer in zwarte bedrijfskleding waaraan ieder zijn eigen accent heeft gegeven: een zilveren riem, een grappige witte tekst op het T-shirt, een zwart-wit geblokt sjaaltje. Waarom lopen die kappers er qua haar toch altijd zo slordig bij, alsof ze zelf weleens flink onder handen genomen mogen worden? Waarom staan ze niet meer zoals vroeger uren aan elkaar te frunniken, op te kammen, te touperen, te föhnen? Ze zijn bepaald geen wandelende reclame voor de zaak. Enfin, daar zal ze te gelegener tijd nog weleens op terugkomen. Nu eerst de mannenmode. Mevrouw Gigengack denkt aan een Gids voor de Geklede Man onder het motto: 'Alles wat een man meer heeft dan een aap is meegenomen, maar het kan beter.'

De inhoud zal worden ingedeeld naar geboden en verboden, winkels die moeten worden gemeden of gezocht, slechte en goede voorbeelden, voedingsadviezen en hygiënische tips, kortom: een rijk geïllustreerde encyclopedie voor de eenvoudige mannelijke basisverzorging, gezien door de ogen van een kritische doch liefhebbende dame. Dat ze zich voornamelijk zal moeten richten op mannen van boven de pakweg vijfendertig is geen bezwaar, want boven die leeftijd begint het pas echt te tellen. Ze zal beginnen met een hoofdstuk 'houding'. Een pak kan nog zo aardig ogen op de hanger of de pop, als het om een slordige en ongeïnspireerde homp vlees moet worden gedrapeerd, blijft er niets van over. Hangende schouders, bloezende buik, kromme rug, het is de dood voor elk pak. 'We beginnen dus gewoon bij het vege lijf,' zegt mevrouw Gigengack kordaat, en ze verheugt zich al op de periode van research en participerende journalistiek die onvermijdelijk aan de bestseller vooraf moet gaan. Fitness First. Om inspiratie op te doen zal ze een healthclub bezoeken.

Aangezien er bij de kapper niet veel meer te beleven valt, volgen we mevrouw Gigengack, die zich als vanouds als een drenkeling aan haar nieuwe project heeft vastgeklampt, naar een filiaal van Fitness First. Hijgend bestijgt ze de trap, de eerste indicatie voor de bittere noodzaak van een betere conditie. Op de balie staat een schaal met frisgewassen appeltjes en peertjes en een schaal met komkommerstukjes voor het grijpen. Erachter staat een al even bedauwd meisje met een vrolijk wippende paardenstaart en een strak T-shirtje waarover de naam van de gezondheidsclub golft. Door een denkbeeldige tegenwind nadert Gigengack de balie en perst er haar wens uit lid te worden.

'Al eens eerder bij de fitness geweest?' vraagt het meisje. Mevrouw Gigengack zwijgt. De vraag is overbodig. 'Rondleidinkje? Programmaatje? Begeleiding?' gaat het meisje voort.

'Rondleidinkje zou ik op prijs stellen,' zegt mevrouw Gigengack.

'Ogenblikje.'

Meisje belt. Intussen laat Gigengack haar ogen door de ontvangstruimte gaan. Schoon is de boodschap. Glanzend. Frisse geur. Geen zweet. Een plus. In de verte hoort ze een vervaarlijke discodreun. Een min. Een prachtige zwarte man met een glimmend gepoetst kaal hoofd en een door Michelangelo gebeeldhouwd glashard lichaam stelt zich voor als Jeffrey. Hij zal haar kennis laten maken met de mogelijkheden alvorens ze een definitief besluit neemt lid te worden van de club. Mevrouw Gigengack ziet al hoe Jeffrey na een dag werken een poosje bij haar in de tuin komt staan om de laatste stralen van de zon over zijn fraai ontwikkelde spiergroepen te laten spelen. Met een glaasje koele witte wijn zal zij dan op het terras plaatsnemen en naar hem kijken tot hij een is geworden met de duisternis.

Hij laat haar wat vertrekken zien waar de martelwerktuigen staan opgesteld, die ze nog niet zo lang geleden tegenover mevrouw Beljaars absoluut taboe heeft verklaard. 'In strijd met de Rechten van de Mens!' heeft ze zelfs geroepen. Jonge vrouwen met zwiepende paardenstaarten staan met hun voeten in grote bewegende bakken terwijl hun armen aan stokken rukken. Voetkano's op het droge. Iets voor Jezus. Ze staan op een rij. Voor hen een rij lopende banden met wandelaars en daar weer voor een rij zitfietsen. Alle sporters staren naar een batterij televisies, waarop vooral The Box en mtv hun beeldorkaan de ruimte inblazen. Maar gelukkig ook cnn en Nederland 1 en 2. Achterin ziet ze mannen in kokette hemdjes met zweetplekken gewichten heffen met hun handen, hun voeten, hun knieën, met wat al niet. Jeffrey legt met engelengeduld alle toestellen uit. Vraagt dan naar haar leeftijd en gewicht. Mevrouw Gigengack staat aan de grond genageld. Wat een impertinente vraag aan een dame!

'Raad eens!' zegt ze, in de wetenschap dat belustheid op klandizie Jeffrey complimenteuze getallen zal influisteren. En ja, hij schat haar tien jaar jonger en tien kilo lichter. Mevrouw Gigengack is ondanks de flagrante vleierij toch gecoiffeerd en stemt in met Jeffreys opgave. 'Zoiets,' zegt ze met haar liefste lach. Hij stelt een licht beginprogrammaatje voor haar samen. Lekker eerst de spieren warm en los maken, wat vet verbranden en dan een beetje krachttraining om stevigheid te verwerven.

'Krijg ik die ook weg?' vraagt Gigengack en heft haar arm. 'Ik kan niemand meer met goed fatsoen uitzwaaien.'

Jeffrey lacht met een aangenaam rasperig geluid, waardoor een paar slapende hormonen de oren spitsen. Hij laat haar een toestel zien dat speciaal voor de armkwabben is gebouwd. Het duizelt Gigengack. Zou zelfs zij haar meisjesfiguur terug kunnen krijgen? Ze werpt een steelse blik in de vele spiegels die hen omringen. Haar sopranenvet beschermt het kwetsbare kind dat dicht op haar botten huist. Die kilo's zitten daar niet voor niets. En als ik nou eens vet ruil voor spier? denkt Gigengack. Maar vet is makkelijker en ook lekkerder in onderhoud dan spier, werpt ze zichzelf tegen. Jeffrey legt haar intussen de adductor en de abductor uit voor de dijen. 'En spreid en sluit en spreid en sluit,' zei vroeger op de radio Ab Goubitz met zijn vleugeladjudant Arie Snoek.

'En dan is er de sauna,' zegt Jeffrey. 'Na een uurtje sporten kunt u heerlijk ontspannen in onze sauna annex stoombad annex aromatherapie. Er zijn ook speciale uren alleen voor dames.'

'Ik wil gemengd,' zegt Gigengack, 'ik wil per se gemengd.'

Jeffrey kijkt haar even met een scheef lachje aan.

'Ik doe een studie,' zegt ze haastig.

Jeffrey knikt. Zijn poriën wasemen: Dat zeggen ze allemaal. 'We hebben ook een zonnebank,' zegt hij ten slotte.

'Ja, dat zie ik,' zegt Gigengack ad rem.

Gelukkig moet de zwarte man lachen. Daar heeft ze het om gedaan, om weer die lach te kunnen horen. Als hij nou ook eens in de sauna zat. Zouden zwarten graag in de sauna gaan? Het is zo'n noordelijke bezigheid voor bleekscheten die slecht zweten. De zwarte huid wisselt makkelijker warmte, denkt Gigengack.

Jeffreys lach doet het hem. Ze besluit lid te worden en haar studie naar de houding van de man bij Fitness First aan te vangen. Al moet ze ervoor op de kwabbenmachine.

Bij de psychiater

Het zijn van die ervaringen die je eens in je leven moet hebben ondergaan. Je moet één keer niertjes eten, in een helikopter vliegen, ondersteboven uit een raam hangen, naakt de deur van de wc achter je dichttrekken en je realiseren dat je in de hotelgang staat, je tand door je lip vallen, een kind krijgen (geldt alleen voor vrouwen), vreemdgaan, in therapie zijn. Mevrouw Gigengack heeft alles meegemaakt, behalve de drie laatste kernsensaties. Dat ze geen kind heeft spijt haar nog elke dag voor zichzelf. Voor het kind is ze blij. Ze weet wat voor moeder ze zou zijn geweest. Voor vreemdgaan heb je eerst een stabiele en langdurige relatie nodig. Mevrouw Gigengack heeft wel relaties gehad, maar de heren gingen altijd eerder vreemd dan zij. Om dit alles en om het afscheid van haar vruchtbaarheid naar behoren te verwerken besluit ze tot de laatstgenoemde ervaring. Dan heeft ze die tenminste wel gehad. Ze gaat in therapie.

Eerst hoort ze de vriendinnen uit, die haar zijn voorgegaan. Sommigen hebben wel drie therapeuten versleten voor ze de passende vonden. 'Het heeft wel iets van het zoeken naar een partner,' zegt een van hen. O, mooi, denkt mevrouw Gigengack, dan kan ik dat vreemdgaan misschien ook nog ten uitvoer leggen. 'Een van mijn therapeuten,' gaat de vriendin verder, 'bestond het om tijdens de sessie voortdurend zijn nagels schoon te maken met een omgevouwen hoekje van een receptblaadje.'

'En dan schreef hij daar later je recept op uit,' vult mevrouw Gigengack aan.

'Hoe weet jij dat?'

'Enige basiskennis van de psychologie.'

'Nou, dan kun jij jezelf net zogoed helpen.'

Mevrouw Gigengack zucht. Natuurlijk was dat zo. Een therapeut kon haar niets nieuws vertellen. Nogal wiedes. Wie was er ont-w-richt? Háár ik hing aan haar lijf als een arm die uit de kom is geschoten. Misschien kon een sterke kerel haar helpen bij het terugduwen van de arm, maar hij zou haar niets kunnen vertellen over die arm wat zij niet zelf al wist en voelde. Zij gaf hem de puzzelstukjes in handen en hij kon daar geen andere plaat van maken dan die op het deksel van haar doos stond.

'Maar hij kan er tenminste een plaat van maken,' zegt de vriendin, die geduldig Gigengacks stroom van metaforen uitzit. 'Jij zit met de stukjes en je kunt er nog niet eens de randjes en de lucht uithalen.' Daar had zij weer gelijk in en mevrouw Gigengack besluit in zee te gaan met de therapeut die haar vriendin tot een dergelijk scherpe observatie in staat had gesteld. Niet die van het omgevouwen receptblaadje dus.

Mevrouw Gigengack bereidt zich terdege voor. Ze heeft eerst een aantal auto-sessies, waarbij ze beurtelings de therapeut speelt en zichzelf. De rol van therapeut valt haar mee. Ze hoeft niet veel anders te doen dan een luisterend air aan te nemen. Kopje een beetje schuin. Ogen gericht op de spreker. Vooral niet de blik verlangend naar het raam laten zwerven. Pas na verloop van ongeveer drie kwartier kalm op het horloge kijken, noch besmuikt noch ongeduldig. Niet onderwijl verstolen in de neus of het oor peuteren. Lichaamstaal zegt meer dan woorden. Mevrouw Gigengack spreidt ten overstaan van zichzelf een volmaakte welwillende neutraliteit tentoon.

'Waar zal ik beginnen?' vraagt ze zichzelf. Ze kijkt zichzelf als therapeut glimlachend aan en maakt een uitnodigend gebaar dat betekent 'waar u maar wilt'.

'Mijn ik ligt uit de kom,' zegt ze, 'mijn puzzelstukjes liggen door elkaar en ik kan er geen chocola meer van maken.'

Ze knikt zichzelf bij wijze van antwoord bemoedigend toe en denkt dat de beeldspraak al tekenend is voor de verwarring waarin cliënte verkeert: een medische, een hobbyistische en een culinaire metafoor om een en hetzelfde verschijnsel te omschrijven. Had ze zich bij één vergelijking en nog liever bij géén vergelijking gehouden, dan was de situatie ernstig maar niet hopeloos geweest. Cliënte had in dat geval een duidelijk gedefinieerd ziektebesef. Nu er meer vergelijkingen aan te pas komen treedt er een complicatie op. Het ziektebesef is getroubleerd. Het ontsnapt aan een definitie. Zelfs over de ontwrichting bestaat bij cliënte geen helderheid. Mevrouw Gigengack kijkt zichzelf afwachtend aan. Misschien komt er een eenduidige conclusie.

'Ik zit in de knoop,' zegt ze. 'Ik zit in de knoop en ik kom er niet uit.'

'Hoe ervaart u dat?'

Als ze het niet had gedacht: vragen naar de bekende weg.

'Ik ervaar dat als rot. Beroerd. Hinderlijk.'

Hmm, denkt Therapeut Gigengack, cliënte geneigd tot opsomming en stapeling. Lichte aanzet tot overdrijving en hysterie.

'U voelt zich gevangen.'

'Hoezo?'

'In de knoop, zei u.'

'Dat was maar bij wijze van spreken.'

'U voelt zich niet gevangen.'

'Nee, in de knoop. In de war. Ont-w-richt.'

'Waarom zegt u dat zo nadrukkelijk? Ont-w-richt?'

'Omdat het woord zich moeizaam als een natte dweil om de w vormt. Zo voel ik me ook.'

Mevrouw Gigengack de Therapeute begint zich nu ernstig zorgen te maken. Cliënte vertoont tekenen van een bijzonder soort van echolalie. Het woord bootst het verschijnsel na. Het verschijnsel is het woord. En het woord is vlees geworden. 'En het heeft onder ons gewoond.'

Mevrouw Gigengack de Cliënte kijkt mevrouw Gigengack de Therapeute borend aan. 'U bent ook niet in orde,' zegt ze. 'Wie is in een therapie eigenlijk aan het woord?'

Mevrouw Gigengack krijgt ruzie met mevrouw Gigengack. Daarmee is de eerste auto-sessie op een mislukking uitgelopen. Als de volgende vijf proefzittingen tot eenzelfde debacle leiden, besluit ze in het diepe te springen en de echte beroepsluisteraar te bellen. Maar ze vergeet het weer.

Als mevrouw Gigengack in de stad loopt op vruchteloze speurtocht naar een schaar voor linkshandigen – ze is linkshandig en loopt dagelijks tegen de problemen op van verkeerd aangebrachte schenktuitjes, verwisselde kranen, rechts bladerende telefoonklappertjes – bedenkt ze opeens dat ze de paardenfluisteraar, zoals ze de beroepsluisteraar is gaan noemen, moet bellen. Maar is ze weer thuis, zonder schaar doch voorzien van nutteloze wegwerpbare vochtige vloerdoekjes, dan vergeet ze contact te leggen met de hulpverlener. Intussen wordt de ontwrichting niet minder. Dit patroon van vergeten en herinneren herhaalt zich diverse malen op karakteristieke manier. Is ze ver weg van telefoon en nummer, denkt ze eraan. Ligt het nummer onder handbereik, vergeet ze het.

'Gigengack,' spreekt ze zichzelf streng toe, 'je durft niet. Je wilt niet. Maar je moet. Dat is nu helemaal zo klaar als een klontje. Per ongeluk expres vergeten! Verdringen zul je bedoelen! Geen excuses nu meer. Bel Robert Redford!'

Bij de gedachte dat haar persoonlijke paardenfluisteraar ook werkelijk op de verblekende Hollywoodster zou kunnen lijken, als was het maar in de verte, springt Gigengacks hart op. En dan vreemdgaan! Hem nuffig in de steek laten voor een ander. Dat zou van de noodzakelijke menselijke ervaringen alleen nog maar het krijgen van een kind overlaten. Geen slechte score! Handenwrijvend toetst ze het nummer in.

In therapie

Mevrouw Gigengack zet streepjes op de muur van haar toilet. Vier streepjes als een hekje en dan een schuine erdoorheen is vijf. Zoals een gevangene in zijn cel de dagen van zijn detentie telt. Nu weet een gevangene feilloos wanneer hij vrijkomt en zou die er voor de duidelijkheid beter aan doen het totaal aantal dagen aan te strepen en dan telkens een streepje uitstuffen, maar daarin verschilt mevrouw Gigengack juist van een gevangene: zij weet niet wanneer ze vrijkomt. Haar streepjes ontberen de toets van hoop die streepjes zetten met zich meebrengt. Bij elk streepje dat ze zet – er staan er nu al vijfenveertig – wordt ze moedelozer. Het eind is niet in zicht. Straks staat haar hele muur vol streepjes, gevangenisbehang, straks staat haar hele plee vol streepjes en moet ze aan het halletje beginnen, straks is haar hele woning één grote streepjescode en is er nog geen eind in zicht. Ze vreest dat ze tot in haar dood, wanneer het witte licht aan het eind van de tunnel haar zal hebben opgezogen als was het een zwart gat, streepjes zal blijven zetten. Tja, ze had het zelf al geconstateerd, ze heeft neiging tot overdrijving en hysterie.

Elk streepje staat voor een bezoek aan de psychiater. Elke woensdagochtend keert ze terug van haar drie kwartier zelfkwelling met treurig gebogen hoofd als de ezel Iejoor (haar Redford is een ezelfluisteraar), sluit zich op in het toilet, zet zich neer op de pot en zet een streepje. Ze heeft het idee dat ze in het woord ont-w-richting nog maar bij de eerste t zijn aangeland. Het zal allemaal wel onderdeel zijn van het 'proces'. De psychiater gaat als een classificeerder in de Rotterdamse haven te werk. Hij laat zich – voorzien van gasmasker en veiligheidshelm – voorzichtig neer in haar ruim en bikt er beetje bij beetje de aanslag van de wanden af. Mevrouw Gigengack heeft een ruim ruim. Het echoot er. Ze moeten heel langzaam tegen elkaar spreken.

'Hoe   voelt   het   als   ik   hier   bik?' vraagt hij.

'Een   beetje   dof.   Gevoelloos   zeg   maar.'

'Dit   is   de   plek   waar   de   moeder   zit.'

'Wat   zegt   u?'

'Hoe   denkt   u   over   uw   moeder?'

Mevrouw Gigengack zucht. Dat heeft ze al verteld. Dat heeft ze al tien keer verteld. En tien keer hetzelfde verhaal. Elke afwijking wordt haar aangerekend, denkt ze, alsof ze bij de politie wordt onderworpen aan een kruisverhoor. Ze loopt spitsroeden, verwacht ieder moment het snerpend 'Aha! Maar zo heeft u het vorige keer niet verteld!', hoewel de zachtmoedige luisteraar over veel ervaring met Alzheimerpatiënten moet beschikken, zo mak incasseert hij iedere keer de herhaling en doet hij alsof hij het voor het eerst hoort.

'Mijn moeder heeft niets met mijn ont-w-richting te maken.'

'Dat zegt u. Maar wij moeten geen enkele mogelijkheid, hoe bescheiden ook, veronachtzamen.'

Mevrouw Gigengack vertelt opnieuw het verhaal van haar jeugd dat ze op haar duimpje kent. Hij heeft het haar aan het begin van de behandeling ook gezegd: u zult niets nieuws horen. U zult uzelf niets nieuws vertellen.

'Maar u wel,' zei Gigengack toen terecht. 'Ik zal u wel iets nieuws vertellen.'

Ezelfluisteraar lachte minzaam. 'Dat is een bekende misvatting. Ieder masturberend kind denkt dat hij de eerste en de enige is die het doet.'

Wacht maar af, dacht mevrouw Gigengack. Ze nam zich heel kinderachtig voor de psychiater een poepje te laten ruiken en ze stelde uit diverse modern-leedromans een leven samen waar de honden geen brood van lustten. Nou jij en dan ik weer. Maar na drie keer was ze gewend aan de gloeiende oortjes en glimmende oogjes van de zielenknijper die zo bedenkelijk contrasteerden met de bemoedigende en begripvolle stand van zijn mond. Hij zond een dubbele boodschap uit. Met ogen en oren: Hoe is het mogelijk, ja, ja, nog meer, nog meer! Met de stand van de mond: Ga zo voort, maak van uw hart geen moordkuil, ik begrijp u.

Ze kreeg medelijden met de man die zich zo makkelijk en graag liet bedotten en daar nog voor betaald kreeg ook. Het had iets hoerigs. Zij gebruikte zijn oren om zich mentaal te bevredigen en schoof de rekening door naar de verzekering. Toen ze hem van het bedrog vertelde, zei hij alweer dat ze niet de eerste was. Hij kende de truc en wedde steeds met zichzelf wanneer cliënt eerlijk zou worden. Vandaar zijn binnenpretjes. Haar had hij op iets langer liegen geschat. Of dat een compliment was? Mevrouw Gigengack kreeg de indruk dat de therapie vooral zou bestaan in een partijtje vrijworstelen. Wie is wie te slim af. Daar had ze geen zin in, ze gaf zichzelf gewonnen.

'Well allright, okay, you win...' zong ze. Peggy Lee. Ook al dood. Binnensmonds maakte ze de frase af: 'I'm in love with you. Well allright, okay, you win, baby what can I do...' Maar verliefdheid op de therapeut, nee daar begon ze niet aan, wat Freud ook had beweerd over overdracht en tegenoverdracht. De psych glimlachte, alsof hij het liedje kende.

En nu zijn ze vijfenveertig sessies verder en mevrouw Gigengack draait nog almaar rondjes om haar ontwrichte ik als een hond die een plek zoekt om te kakken. Ze zit op de wc-pot. De streepjes staren haar aan. Ze neemt het handdoekje, maakt een punt nat, wrijft er zeep op en veegt de streepjes uit. 'Wat ik niet zie, bestaat niet,' zegt ze.

Op reis

'Je bent gek,' zegt mevrouw Beljaars.

'Dat zou weleens kunnen kloppen,' antwoordt mevrouw Gigengack. 'Ik ben onder behandeling. Maar het wordt er niet beter op. Ik moet iets anders verzinnen.'

'Waarom ga je niet eens naar mijn kruidenvrouwtje?' Het is eruit voor mevrouw Beljaars het weet. Ze kan haar tong wel afbijten, want nu volgt onvermijdelijk de onweerstaanbare verbale kruistocht van mevrouw Gigengack tegen alles wat hocus-pocus is en daar grof geld aan verdient. Ze zucht en houdt de hoorn alvast een eindje van haar oor af. Maar er volgt niets. Ze kijkt de hoorn aan, luistert nog eens goed.

'Ben je daar nog, Gieg?'

'Ja, Bel, ik ben er nog.' Het klinkt hol. De profundis. Er is werkelijk iets aan de hand.

'Maar om nu helemaal zonder bagage en praktisch te voet naar de noorderzon te vertrekken, dat is nou toch ook weer niet nodig. Als je een paar weekjes wacht ga ik met je mee. Dan gaan we samen naar de Algarve. Van één blik op een mooie verweerde Portugese vissersman kikker je gegarandeerd op.'

'Das war einmal,' zegt Gigengack dof.

'Nou ja, Duitsland desnoods.' Beljaars pikt elk signaal op. 'Een gezonde boerderij in Beieren. Lederhosen en hoeden met gemzeveertjes. Jodelen. Heidi und Peter.'

'Je draaft door, Bel.'

Beljaars is even stil.

'Ootmarsum dan?'

Wat Beljaars ook probeert, haar vriendin is niet van het voornemen af te brengen met minimale bepakking op reis te gaan, in de
richting van de horizon.

Als ze de telefoon heeft neergelegd blijft mevrouw Gigengack
voor zich uit staren. Waar is haar energie gebleven? Haar vaste
voornemen een belangrijke daad te stellen in haar leven ver-
schrompelt zienderogen tot een daadje: ze gaat naar de keuken
om een kopje rooibosthee te zetten. Horizon? Daar in Zuid-Afri-
ka schijnt de noorderzon. Ze hoeft alleen maar in een rechte lijn
naar beneden te lopen langs de meridiaan. Als een dronkelap een
krijtlijn kan volgen, zal zij in haar nuchterheid dan niet langs een
dikke meridiaan kunnen gaan? Met de kop thee in haar ene hand
haalt ze met haar andere de Bosatlas uit de kast. Zo te zien moet
ze wel een beetje smokkelen, want loopt ze precies langs de meridiaan, dan komt ze onder Ghana al in zee terecht tot aan Antarc-
tica. Als ze nu eens in Berlijn begint? Berlijn. Ich hab noch einen
Koffer in Berlin. Die koffer staat er vast, denkt Gigengack. Nu ik
nog. Berlijn is niet zo'n gek idee om mee te beginnen. Specule-
rend op het naoorlogse schuldgevoel van de Duitsers heeft zich
daar een groot aantal vreemde volkeren warmpjes genesteld.
Nergens veiliger dan in de schaduw van Dachau, hebben ze gedacht. Maar niemand durft iets te zeggen. Dat is je ware multi-
culti, denkt mevrouw Gigengack. In zo'n stad ben je in de hele
wereld. Op een paar vierkante kilometer vind je Rusland en Oez-
bekistan, Vietnam en Chili, Nigeria en Israël en dat alles onder
het tuchtige toezicht van de onomkoopbare Duitse politie. Hoe-
ra! of Houzee!, wat zal ik zeggen. Mevrouw Gigengack regelt via
het internet een flatje in Kreuzberg en gaat met een door Frans
Molenaar ontworpen rugzak vol lijfgoed en toiletartikelen naar
het Centraal Station, teneinde in de eerste de beste trein naar

Berlijn te stappen, waarheen het volgens de dichter zes uur sporen is.

Het appartementje ligt in de buurt van de Kottbusser Tor. Ze moet drie keer de weg vragen en wordt driemaal in rad Turks te woord gestaan. Er lopen besnorde mannen met gemuilkorfde honden rond, dikke vrouwen met mantels tot hun enkels en hoofddoeken tot hun middel, kale jongens met Palestijnse theedoeken om hun nek en oude vrouwtjes met te heet gepermanente grijze hoofdjes, plastic tasjes in hun hand. Intussen telt ze drie respectabele boekhandels, overblijfselen uit anarchistischer jaren zeventig, die zich met de moed der wanhoop verweren tegen de boktor, de papiervreter, de muurschimmel en het toenemende Anatolische analfabetisme. Vanachter de Einzelstücke liefhebbersliteratuur staart haar een baardig reliek aan, de wenkbrauwen permanent op verbaasd dat het allemaal anders is gelopen. Op een steenworp afstand liep De Muur. En opeens was hij weg. En werd alles gewoon. Te gewoon. En vreemd tegelijk. Te vreemd. Mevrouw Gigengack knikt de man begripvol toe. Hij hoeft haar niets te vertellen. Ze ziet het zo ook wel. Morgen ga ik een heel duur boek bij hem kopen, denkt ze.

Ze heeft nauwelijks haar tas uitgepakt in het krappe flatje, waar ze zich – zo blijkt na een korte inspectie – naar hartenlust ongelukkig kan voelen, of er wordt op haar deur geklopt. Mevrouw Gigengack doet open. In het halfduister van de vervallen gang staat een meisje dat gezien de open deur aan de overkant daar haar residentie heeft.

'Ja?' zegt ze vragend. Het meisje ziet er vredelievend uit. Ze heeft blote schouders, draagt een kleurloos hesje en een kleurloze broek, en zou sowieso wel een zonnebankje kunnen gebruiken, hoewel mevrouw Gigengack vermoedt dat de zonnebank en het meisje onverenigbare karakters zijn.

'Gelukkig!' zegt het meisje. Ze plant haar handen in haar zij. Mevrouw Gigengack moet constateren dat het kind haar oksels niet heeft geschoren, ja zelfs dat er aan beide zijden een bos haar onder hangt die veeleer een bewering is dan slordigheid. Geen beha natuurlijk. Natuurlijk natuurlijk. Vegetarisch. Tegen kernenergie. Tegen. Tegen. Tegen.

'Hoezo?'

'Gelukkig dat je geen man bent.' Tegen mannen natuurlijk ook.

'U,' zegt mevrouw Gigengack. 'Ik dacht dat we in Duitsland oudere mensen met U aanspraken.' Van het begin af aan de grenzen stellen. Gezagsverhoudingen met koene lijnen schetsen.

'Ik was al bang dat ze het appartement weer aan zo'n stinkende *Scheisskerl* hadden verhuurd.'

'En wat had u dan gedaan als ik een man was geweest? Me een mes tussen mijn ribben gestoken?'

'Duidelijke afspraken gemaakt.'

'Zoals daar zijn?' Gigengacks stem zakt een paar tonen. Ze heeft helemaal geen hekel aan mannen; ze voelt zich zelfs tegenover de vijandschap van dit kleurloze vrouwtjesdier plotseling man worden. Alsof er alleen al op grond van haar geslacht aanspraak gemaakt zou kunnen worden op haar bondgenootschap. Dat is een feministische brug te ver.

'Afspraken over lawaai, drankgebruik, seksistische opmerkingen.'

'En wie zegt u dat u met mij dergelijke afspraken niet net zogoed moet maken?'

Het okselwezen staart haar verbluft aan, maar reageert dan adequaat: 'Goed dan: geen lawaai, geen drankmisbruik, geen seksistische opmerkingen.'

'U bent in overtreding,' zegt Gigengack streng.

'Hoezo?'

'Vindt u "stinkende Scheisskerl" geen seksistische opmerking?'

Het meisje draait zich abrupt om en slaat de deur van haar kwartier met een klap dicht.

Ziezo, denkt Gigengack, daar heb ik geen last meer van. Geen gezelligheid, geen praatjes op de trap, geen saamhorigheid, geen stilzwijgende verstandhouding. En nu de stad verkennen...

Mevrouw Gigengack doet in Berlijn wat ze in elke haar vreemde stad doet. Ze koopt een weekabonnement voor het openbaar vervoer en stapt in een willekeurige bus. Halverwege stapt ze over in een andere bus. Na een paar haltes neemt ze weer een andere bus. Daarmee laat ze zich naar het eindpunt rijden. In die buurt wandelt ze een poosje rond tot ze een station van de ondergrondse tegenkomt, neemt de U-bahn gedurende een minuut of tien, duikt dan weer op en wacht aldaar op een bus. Als ze dat een dag of drie heeft gedaan, heeft ze een aardige indruk van een stad en bovendien zo'n beetje de plattegrond in haar hoofd.

Berlijn is erg groot. Ze rijdt en ze rijdt en ze rijdt. Ze herkent de ansichtkaarten van de Brandenburger Tor en Unter den Linden, de Rijksdag en het Joods Museum, de Tiergarten en de Kurfürstendamm, het Museumviertel en de Karl Marx-allee, ze rijdt door de uitgestrekte dorpen die tot een stad zijn aaneengekoekt van Steglitz tot Pankow, en ze kan er maar geen consistent geheel van maken. Ze ziet heel veel mensen, maar het lijkt of er niemand woont. Of de stad één groot Potemkin-dorp is, een façade om haar om de tuin te leiden. Dit is geen stad, dit is het decor van een raadselachtige film. Nee, de tijd en ruimte zijn hier beide *out of joint*, denkt mevrouw Gigengack, dat is het! Tijd in stukken geknipt en verkeerd aan elkaar geplakt, ruimte gehusseld en fout ingevuld. Er wordt veel overgelaten aan de zelfwerkzaamheid van de bezoeker. Dat bevalt Gigengack wel. Uit de brokstukken kan ieder zijn eigen Berlijn samenstellen. Het is een spel dat haar dagenlang zozeer bezighoudt dat ze de reden en de oorzaak van haar komst glad vergeet. Zelfs het misantropische appartementje krijgt een interessante rol in Gigengacks Berliner Verhalen. Mevrouw Gigengack splitst zich in Sally Bowles, Effi Briest, Vicki Baum,

Christopher Isherwood, Franz Biberkopf, Frederik de Grote, Hildegard Knef *e tutti quanti*. Het is een heilzaam MPS-syndroom. De verschillende persoonlijkheden wier levens ze leeft in het changeante Berlijn maken haar licht, tillen haar op en in de hemel van haar fantasie wordt haar ontwrichte ik weer zachtjes in het gelid gezet.

Mevrouw Gigengack klopt aan. Het kleurloze meisje, dat viooltjesblauwe ogen blijkt te hebben, doet open en deinst onmiddellijk terug.

'Vreest niet,' zegt Gigengack, 'ik ben tot leven gewekt. Wat dacht u van een heerlijk kopje Hollandse bonenkoffie?'

Naar het Oosten

Moe van het shoppen om ze weet niet wat valt mevrouw Gigengack neer op een bank in een Berlijns plantsoen. Haar schoenen en oorbellen knellen. Ze schopt ze allemaal uit. Ze heeft geen idee waar ze is. Ze wil het ook niet weten. Dat was nu juist een van de doelen van haar reis: vergeten en vergeten worden. Vooral dat laatste. Maar zolang ze zelf weet waar ze zich bevindt, is ze naspeurbaar. Ze kan haar coördinaten meedelen aan wie er maar om vraagt. En hoewel niemand haar daarom kan of zal vragen, mobielloos als ze is, heeft ze toch het idee dat kennis van je plaats verraadt waar je bent. Nu weet ze niets. Ze zweeft in een luchtledig, wat voor een dame met Gigengacks gewicht een buitengewoon aangename sensatie is.

Het groen van het Berlijnse plantsoen omhult haar als een handschoen. Ze kijkt innig tevreden om zich heen. Haar oog valt op een totaal bescheten standbeeld van een keurvorst die de arm uitsteekt en met de vinger dwingend een richting wijst: duiven eruit of ik eruit! Haar blik volgt de vinger. De late namiddagzon staat in haar nek. Daar! Daar! Daarheen! Als ze alle vingerwijzingen volgt die haar onderweg worden gegeven raakt ze steeds dieper in een labyrint, steeds onvindbaarder, ook voor zichzelf. Ze zal zich omringen met een dikke korst niemandsland.

Het Oosten. Daarheen wijst de vinger van de vorst. Het Oosten.

Steppen. Ruiters. Vernietigingskampen. Polen. Russen. Mongolen. Rivieren. Het daghet. Toendra's. Permafrost met hier en daar een diepvriesmammoet. Zoemend gezang uit vele mannenkelen. Geur van verte. Mevrouw Gigengack steekt haar neus in de lucht of ze er een vleug van opvangt. Natte aarde. De weeë lucht van paddestoelen. Lang pruttelende koolsoep. Eenvoud. Armoede. Het leven teruggebracht tot zijn kern.

Diep in gedachten pulkt mevrouw Gigengack een korstje open op haar hand. Er welt bloed uit op. Lange tijd kijkt ze ernaar. Eerst merkt ze het eigenlijk niet op vanwege haar mijmeringen, maar dan trekt ze scherp op het rode glanzende ding dat glaziger wordt en doffer naarmate de stollingsfactor zijn werk doet. En in die gestolde, donkerder kleurende droppel levensgeest ziet ze het portret opdoemen van de bleekzuchtige tsarewitsj, het koningskind dat aan bloederziekte leed. De lijdensweg van dat kind dat niet mocht vallen of zich stoten eindigde voor een vuurpeloton, dat niet eens een kogel af had hoeven schieten om het jongetje te doden: de prik van Doornroosjes naald was genoeg geweest. Petersburg. Moskou. Jekaterinenburg. In haar hoofd poppen de beelden op en vormen een warrig en somber collage. De trappen van het winterpaleis, de kinderwagen van Eisenstein. De kersenboogaard. Oom Wanja, we zullen rust vinden.

'Ziel,' zegt ze. 'Het zou best eens kunnen dat ik er ook een heb en waar zal ik hem beter kunnen vinden dan in Rusland.' Er begint al voorzichtig in haar een viool te klagen. Ze denkt aan de strijkkwartetten van Sjostakovitsj zonder welke ze nooit van huis gaat. Ze grabbelt in haar tas naar haar minidiscman en luistert in het Berlijnse plantsoen onder de dwingende hand van een of andere Frederik naar de sublieme vertolking van 'ziel', Russisch of niet. Het achtste. Ziel. Ze sluit haar ogen. Luistert. De tranen stromen over haar wangen.

Als de muziek uit is en haar tranen op en ze haar ogen weer opent, zit er een vrouw naast haar op het bankje. Het zou Gigengacks tweelingzus kunnen zijn, nee eerder haar moeder. De vrouw is minstens twintig jaar ouder. En een stuk ontevredener. Waar Gigengacks mond een voluptueuze welving vertoont en immer het begin van een glimlach, daar heeft dit evenbeeld een aan beide zijden neerwaarts buigende spleet. Ze kijkt Gigengack bestraffend aan, alsof die wederrechtelijk op dit bankje heeft plaatsgenomen.

'U had de muziek wel hard staan,' zegt de vrouw in het Duits. 'Slecht voor uw oren.'

'Wat zegt u?' Gigengacks hartelijke lach breekt meteen door ten teken dat het een grapje is. 'Ik heb u wel gehoord,' zegt ze kalmerend als de vrouw ademhaalt om nogmaals en nu luider haar oordeel te vellen. Gigengacks niet vlekkeloze Duits wekt de argwaan van haar buurvrouw.

'Waar komt u vandaan?'

'Uit Vladivostok.' Dat ligt precies aan het andere uiteinde van de Euraziatische landmassa en lijkt haar ver genoeg om vandaan te willen komen. De vrouw kijkt of ze wordt beetgenomen en dat wordt ze ook. Het is een manier om haar tot zwijgen te brengen, maar dat lukt niet helemaal. Het toeval wil dat de Berlinerin een schoonzus heeft, die weer een vriendin heeft die weer een aangetrouwd nichtje heeft, dat uit Siberië of daaromtrent komt en in een fotoboek met huwbare Russische meisjes heeft gestaan dat in vrijgezellenkringen heeft gecirculeerd en waaruit de man van dat nichtje, de neef dus van de vriendin van de schoonzus van de spreekster, haar heeft opgevraagd.

'Wij Duitse vrouwen schijnen niet meer goed genoeg te zijn. Ze willen tegenwoordig onderdanige Thaise popjes of willige Russinnetjes. Goudzoekers die vrouwen. Zodra de poen binnen is smeren ze hem. Die kerels zijn ziende blind. Gaan voor een knap smoeltje. Wij zijn ze te *tüchtig*. Te geëmancipeerd.' Het laatste woord spuwt ze eruit alsof dat het laatste is dat zij wil zijn. Geëmancipeerd. 'Stond u ook in dat boek?' vraagt ze.

'Nee,' zegt Gigengack. 'Helaas.'

'In de Fasanenstrasse zijn heel dure boetieks. Met verkoopsters die Russisch spreken voor de klanten. Russische mafia. Die geven kapitalen uit. Je kunt ze er zo uithalen. Bont en goud en stiletto-hakken. Zulke lagen make-up.' Ze geeft tussen vinger en duim een flinke laag glazuur aan. 'Werkt u daar soms?'

'Nee,' zegt Gigengack. 'Helaas.'

'Hoe komt u dan hier?'

'Ik nam de trein van Vladivostok naar Komsomolsk. Dit is toch Komsomolsk?'

Gigengacks evenbeeld kijkt haar geschokt aan. De streep mond zakt open tot een gleuf. De handtas wordt steviger vastgeklemd. Ze staat abrupt op en loopt weg, werpt af en toe een blik over de schouder om te zien of ze wordt gevolgd. Holt dan het plantsoen uit of de dood haar op de hielen zit. De bescheten Frederik wijst: Daar! Daar! Daarheen! Gigengack zal gaan.

In Rusland

De weg eindigt bij de rivier. Geen brug of pont in zicht. De bus blaast uit en doet zijn deuren open. Ze blijft een poosje verdoofd zitten, maar ze moet eruit, zoveel is duidelijk. Ze is aangeland in het hart van elk labyrint. Hoe ze er is gekomen weet ze niet meer. Hoe ze eruit moet nog veel minder. Bemoedigd hijst ze haar rugzakje om de gevulde schouders, ademt de geur in van warme afgewerkte diesel die de bus omgeeft, en doet een paar stappen in de richting van de oever. Ze ruikt water, roest, houtvuren en rottend blad. De drie vrouwen met wie ze tijdens de laatste etappe de bus heeft gedeeld zijn als hagedissen weggeschoten tussen de lukrake huisjes. De chauffeur is opgelost. Links hangen een paar bomen hun takken sloom naar het water. Slierten mist bedekken en onthullen de gladde stroom. Ze ziet de overkant niet.

'Styx,' zegt mevrouw Gigengack hardop. 'Ik ben er.' Nu nog een hotel, of indien dat te veel gevraagd is van dit gehucht een B & B. Een bed is al genoeg. Ze begint de omgeving te verkennen. Achter haar wordt de bus, navelstreng met het verleden, opgezogen door een wolk. Hier en daar zijn karkassen van boten op de wal getrokken, de verf is geschilferd, het ijzer aangevreten, het hout vermolmd. De huizen zijn blind. Mevrouw Gigengack hoort een hond blaffen. Ze staat stil, heft de kin op en blaft terug. Huilt als een wolf. Van alle kanten krijgt ze antwoord. Het is een dorp van honden, denkt ze. Met enige regelmaat legt ze tijdens haar wandeling langs de rivier blaffend contact met de dorpsbewoners. Het pad buigt af naar boven. Een heuvel op. Ze ziet een vierkant gebouw opdoemen, dat iets heeft van een verdwaalde flat uit Pendrecht of Slotervaart, weggewaaid in de jaren vijftig van de twintigste eeuw en hier neergekomen en vergeten. Betonrot zweert uit de balkons, er hangt van alles los te klapperen in de non-existente wind. Opeens staat hij voor haar.

'Man, ik schrik me wezenloos,' zegt mevrouw Gigengack en ze brengt haar hand naar haar strot. Hij heeft een vale terlenkabroek aan, die met een touw dicht- en opgehouden wordt. Daarboven een gifgroen overhemd met te ruim boord waarin ze een rand vuil ziet staan. Ook het grijsbehaarde wolvenlijf is zichtbaar in de kraag. De hals is goor en grauw met zwarte punten in de poriën. Het gelaat erboven, natuurlijk ongewassen, ongestreken en ongeschoren, gaat voor een groot deel schuil achter een enorme bril met vergrotende glazen. De mond die haar aangrijnst bevat een enkele gele tand, een veel te grote wit uitgeslagen tong en een kristalharde drankkegel, die haar tot staan brengt en doet deinzen. De tong in de mond beweegt en werkt woorden naar buiten.

'Man, ik versta je niet. Ik spreek geen Russisch en jij spreekt niets anders, maar één enkel woord heeft toch een internationale klank. Vooruit, hier is er een: GOTEL.' Mevrouw Gigengack weet dat de H in Hotel als een G wordt uitgesproken. Ze trekt haar wenkbrauwen vragend op. De man knikt zijn kegel op en neer. Mevrouw Gigengack meent zijn lichaamsgeur te horen als hij zijn arm uitstrekt in de richting van het betonrot.

'Gotel,' zegt hij uitnodigend. Hij draait zich om, loopt vooruit en kijkt of ze hem volgt.

'Gollem,' zegt Gigengack binnensmonds. Ze loopt achter hem aan over een terras met gespleten tegels, waartussen de natuur haar loop heeft genomen. Drie treden leiden naar de ingang van het vierhoog flatgebouw: een brede matglazen deur met een smeedijzeren handgreep, waarin Gigengack hamer en sikkel herkent. De wolvenman houdt de deur voor haar open en verdwijnt schielijk. Ze staat alleen in een hal met een grauwbeige linoleumvloer die overal versleten is waar veel voeten zijn gekomen: voor een bank tegen de muur, op een pad naar een balie, een plek voor een lift. Het moet hier weleens druk zijn geweest, of gestaag bevolkt met zware mannen in bespijkerde laarzen. Eén wand is overdekt met een onbeholpen muurschildering van berkenbossen. Het groen bladdert. Overal berkenbos, denkt Gigengack. Buiten berkenbos. En nu binnen ook weer berkenbos. Ze hebben weinig om trots op te zijn. Maar op dat weinige zijn ze dan ook heel verzot.

Ben ik hier alleen? Ben ik door de spiegel gestapt? Mevrouw Gigengack kijkt rond en luistert. Achter de balie van donkerbruin gelakt triplex ziet ze een onbeweeglijk hoofd. Het hoofd kijkt haar aan. Het is een rond hoofd, waarin de onderdelen van grote afstand zijn geworpen, zodat ze diep in het bleke deeg verzonken zijn. Mevrouw Gigengack besluit het hoofd te naderen en om onderdak te vragen. Aan het hoofd zit een lijf vast, dat op zijn beurt als een enorme, slappe zwam uit het hout groeit. Kan het inderdaad een lagere levensvorm zijn? Ze nadert het. Het knippert niet eens met de ogen. Het trekt de mond onwillig strak. Het zet zich innerlijk schrap.

'Goede middag,' articuleert mevrouw Gigengack. Ze is ervan overtuigd dat men zich overal ter wereld verstaanbaar kan maken mits men de eigen taal maar luid en duidelijk uitspreekt, vergezeld van enige illustratieve armbewegingen en gelaatsuitdrukkingen. De toon moet te allen tijde vriendelijk doch gedecideerd zijn. Niet bevelend, maar evenmin smekend. 'Ik heb van uw conciërge begrepen dat dit een GOTEL is. Ik zou graag een KAMER huren. Met warm en koud stromend water.'

Het in zelfgebreid bordeauxrood gehulde vlees achter de balie laat een hand naar een formulier kruipen. De stem, die zich er-

gens blijkt te hebben opgehouden, klinkt als een mes: 'Paspoort.'
Ook een internationaal woord.

Mevrouw Gigengack wurmt haar paspoort te voorschijn. De vrouw achter de balie begint er een studie van te maken. Bladzijde na bladzijde wordt aan een diepgaand onderzoek onderworpen. Zelfs de lege. Bij het portretje kijkt ze wel vijf keer achterdochtig heen en weer. De lettertjes volgt ze met haar vinger alsof zich daarin een vertaalmodule bevindt. De busreizen van vele wersten en evenzovele uren hebben mevrouw Gigengack geduldig gemaakt. Ze staat een beetje weg te dromen. Als ze weer scherptrekt heeft achter de balie nog een vrouw plaatsgenomen, een van het mislukt geblondeerde soort. Ook zij buigt zich over het reisdocument van Gigengack. Hihenhack als we het terugvertalen. De blonde legt met goudberingde vingers een formulier voor Gigengack neer, ter invulling. Het is in het Russisch gesteld. In Cyrillische letters bovendien. Met veel aplomb vult mevrouw Gigengack waar ze denkt dat het te pas komt haar naam, adres en nationaliteit in. Het blijkt aanvaard te worden. Ze krijgt een briefje mee voor de gangbeheerster van de vierde etage. Daaraan is ze al gewend. Elke verdieping in elk Russisch hotel wordt bewaakt door een beheerder. Die heeft de kamersleutels onder zich. Daar is drinkwater verkrijgbaar en wc-papier als je geluk hebt.

Mevrouw Gigengack stapt de lift in, die aan een nimmer gecontroleerde kabel lijkt te hangen. Het hefmotortje klaagt en kucht. De kooi komt rammelend in beweging. De kier tussen kooi en schacht is meer dan een hand breed. Ze ziet de aarde wijken. Dit is een kermisattractie of een martelwerktuig, denkt ze. In het eerste geval laten ze me van boven af pardoes los en remt de lift op het laatste moment. In het tweede geval is niet in remmen voorzien. Ze besluit voortaan te gaan lopen.

94 De beheerster zit niet bij de lift, wat efficiënt zou zijn, maar aan het andere eind van de gang, wat heen en weer geloop oplevert en dus de schijn van tomeloze activiteit. Het sovjetsysteem is op het

platteland nog geheel intact. Dat vindt mevrouw Gigengack wel een beetje – niet erg – aandoenlijk. Ze krijgt een sleutel in ruil voor het papiertje en opent eindelijk de deur naar haar kamer in het hart van het Euraziatische continent, waar ze haar cocon om zich heen zal spinnen in de hoop te verpoppen.

Het huwelijksfeest

Mevrouw Gigengacks kamer in het voormalige sanatorium voor overspannen sovjetacteurs vertoont een weinig kalmerende opeenstapeling van totaal verschillende bloemmotieven: op het verschoten behang, ingeweven in de te heet gewassen vitrage, op het vloerkleed, de beddensprei, de trijp van de leunstoel, en zelfs komt het terug in het lijstje rond een schilderij van berkenbossen. Stapelgek wordt ze ervan, juist nu ze rustig wil worden. Het moet een moedwillige poging zijn geweest de artistieke intelligentsia, die van nature toch al op het randje zweeft, helemaal over de grens te duwen, de gekte en het psychiatrisch hospitaal in. Gigengack gaat zitten temidden van de fleurige treurnis en staat zichzelf toe te voelen wat ze voelt. Dat is niet veel, behalve vermoeidheid. Tast door die laag heen naar het diepere, wezenlijkere. Laat maar komen. Wezenlijker. Wat een woord. Wezenlijk. Wees-eenlijk. Wees-en-lijk. We-Zen-Lijk. Wee-zun-luk. Het woord wordt woord. Het woord wordt mantra. Het woord wordt sisal. Aan het touw van het woord zakt Gigengack langzaam dieper in haar eigen put, daalt ze af waar het echoot, waar het stinkt, waar haar mentale riool loopt. Tot haar enkels waadt ze door de smurrie, roept haar eigen naam. Het kind in haar. De kleine Gigengack. Waar ben je? Hier! hoort ze in de verte. Ik ben hier! Een hoge meisjesstem. In een nis van het onderaardse gangenstelsel zit ze lief te spelen met een pop die Dolly heet. De beentjes kunnen bewegen, zitten met een dik elastiek vast aan een haak in het celluloid poppenlichaam. Ze trekt hard en laat het beentje schieten. Plop! Hetzelfde met het armpje, dat ze eerst flink ver naar achter draait. Dolly knippert met haar glazen oogjes. De kleine Gigengack heeft een verpleegstersmuts op, maar als ze opkijkt wordt het een sluier. Een bruidjesssluier. Voor in de processie. Een bruidssluier voor als ze trouwt. De ogen van de kleine Gigengack glanzen. Het hart van de grote Gigengack knijpt samen. Alle hoop is vergaan. De huwelijksboot bleef leeg. Het leven eenzaam. En ook alleen. Mevrouw Gigengack reikt naar het hoofd van de kleine en met een oneindig teder gebaar aait ze het haar van het kind in haar. Dan keert langzaam het bloempatroon terug en de geur van verstopte toiletten. Ahhh, moedertje Rusland.

Mevrouw Gigengack heeft er trek van gekregen. Ze gaat op zoek naar een plek waar borsjt geschonken wordt en hoort in de bijgebouwen van het hotel muziek. Een grammofoon. Westerse dansmuziek van twintig jaar geleden. *Saturday Night Fever*. Ze hoort stemmen. Lachen. Een goedbeklant restaurant? Hier? Als Gigengack haar hoofd om het hoekje van een openstaande deur steekt waaruit het geluid naar buiten golft, worden juist de bruid en de bruidegom op de schouders van dronken ooms gehesen. Bruigoms das is los, het haar nat van het zweet, de hand met de wodkafles houdt hij triomfantelijk omhoog. De sluier van de bruid zit scheef, ze lacht. Ze heeft drie gouden tanden, een machtige bruidsschat, zo jong als ze is. Haar witschuimen jurk is van haar schouder gegleden. Haar huid is daar teer en wasbleek. Dat ziet Gigengack. Die blote schouder zegt alles. Vertelt van jeugd en hoop en onschuld, maar herbergt al de last die hij te dragen krijgt. Het paar wordt in de rondte gehost, valt een paar maal bijna van de ooms af. Er wordt uitzinnig gelachen en gezongen. Het is een pandemonium, waarin Gigengack plotseling is opgenomen. Ze hebben haar vanuit de deuropening zingend meegevoerd als een verloren tante uit de taiga. Voor ze het weet heeft ze een fles wodka in haar hand en zingt ze van de Wolga.

Na verloop van tijd – ze heeft interessante en volkomen onbegrijpelijke gesprekken gevoerd met diverse bruiloftsgasten – bevindt ze zich tezamen met de bruid op de wc. De bruid heeft de deur van haar cabine open laten staan omdat ze de jurk er anders niet in kwijt kan. Ze zit daar met haar armen rond de witte waterval, en plast langdurig. Ze zucht erbij hoe lekker dat is. Mevrouw Gigengack ziet zichzelf intussen in de verweerde spiegel, maar kan niet op haar eigen naam komen. Als ze hulpzoekend omkijkt hangt de bruid gekapseisd tegen de wc-muur. Diep in slaap. Vroeger werd gezegd: een dronken vrouw is een engel in bed. Gigengack heeft de proef op de som genomen maar nooit is daar een gevoel van sereniteit en vleugels uit voortgevloeid. Vooral hoofdpijn en amnesie. Ze maakt een prop wc-papier nat en begint daarmee de slapen en polsen van de bruid te deppen.

'Kom Natascha, wakker worden, lieve kind. Het is je huwelijksnacht. Daarin hoor je niet te slapen. Hoewel ik er een fles wodka onder verwed dat je bruidegom op de Heren zijn hart uit zijn lijf staat te kotsen, als hij niet laveloos onder de wastafel ligt. Veel zal hij vannacht niet waard zijn. Maar ja, wat zijn Russische mannen vandaag de dag nog waard?'

Ze klopt Natascha op de hand, op de wang. Er is geen beweging in te krijgen, zodat Gigengack tot krassere maatregelen overgaat: een velletje gemeen tussen haar nagels knijpen, op haar tenen gaan staan, aan het haar trekken, een draai om de oren geven dat het kletst. Mompelend draait de bruid haar hoofd een andere kant op en snurkt.

'Natascha, word wakker. Je vrijer gaat er met een ander vandoor. Igor gaat met Katinka!' Ze toetert het tussen de tule door. Natascha's ogen gaan flauwtjes open. Een onverstaanbare zin volgt. En weer coma. Mevrouw Gigengack heeft niet voor niets ooit de brandweergreep geleerd. Met moeite – want wie heeft weleens een dronken bruid in vol ornaat uit een te kleine wc getild – weet Gigengack Natascha over haar schouder te leggen. Ze wankelt even, krijgt door de meters witte stof slecht zicht op de weg naar de deur, maar weet zich met haar lieve last de gang op te werken. Daar staat ze oog in oog met een robuuste man, die de bruidegom over zijn schouder heeft geslagen.

'Wat nu, zei Pichegru,' zegt mevrouw Gigengack. Ze is niet van plan Natascha naar het huwelijksbed te dragen. De man gebaart met zijn hoofd hem te volgen. Dat doet ze dan maar. In een nis onder een trap vlijt de man de bruidegom als een baby neer, houdt zorgvuldig het hoofdje tegen om het niet op de vloer te laten knallen. Dan neemt hij de bruid van Gigengack over en legt haar even teder naast haar echtgenoot onder de trap. Ze kijken nog even samen glimlachend op het bewusteloze echtpaar neer. Dan neemt de man Gigengacks elleboog en stuurt hij haar mee terug naar de feestzaal, waar het is alsof de vloek van Doornroosje is uitgebroken. Wie niet slapend in een stoel of tegen de muur hangt staart glazig voor zich uit. Frank Sinatra zingt 'My Way'.

De man kijkt Gigengack aan, knipoogt en zegt: 'Me Iwan.'

Gigengack zegt: 'Me Jane. Welterusten.'

Buiten schijnt de volle maan. Ze ziet diepe schaduwen en roerloze plekken licht. Het is een sprookje. Een hond huilt.

De spiritualiteit

Beljaars heeft iets nieuws. Een Heksenkring. Echt iets voor jou, Gigengack. Heksen zijn de draagsters van eeuwenoude kennis. Goede Kennis. Heilzame Kennis. 'Maar omdat kennis macht betekent werd door mannen Goede Kennis Kwade Kennis genoemd en werden heksen vervolgd en ter dood gebracht,' doceert Beljaars. 'Maar nu mag het weer.' Mevrouw Gigengack is er stil van. Beljaars anticipeert op de tegenwerpingen van haar vriendin: 'En nee, het zijn geen kruidenvrouwtjes of bleke meisjes met zwarte lippen en overal zilveren ringen door. Er is zelfs een mannelijke heks.'

Als dat de ultieme garantie moet zijn voor bonafiditeit! Maar omdat Gigengack schaloos loopt en in principe voor alles openstaat, gaat ze een keer met Beljaars mee naar de Heksenkring. Met volle maan, al is die vanwege een dik wolkendek niet zichtbaar.

'Bezem mee?' vraagt ze nog aan Beljaars, die *not amused* is.

De bijeenkomst vindt plaats in een voormalige schuilkerk of een verlaten bollenschuur en zal de hele nacht duren. Van zonsondergang tot zonsopgang. Gelukkig is het zomer, denkt Gigengack.

'Je moet je eraan overgeven,' bezweert Beljaars.

'Waaraan?'

'Aan de sfeer.'

Dat vindt Gigengack rijkelijk vaag. 'Is er nog iets anders waaraan ik me kan overgeven?'

'Hoe bedoel je?'

'Wordt er nog iets gedaan? Gedanst? Gezongen? Een zwarte mis opgedragen? Een baby geofferd? Een jongetje vetgemest? In *Hans en Grietje* wordt Hans niet voor niets achter tralies gezet en opgefokt voor de slacht, terwijl Grietje het huisje moet aanvegen en in opleiding is voor heks. Het is de mannelijke angst voor de *vagina dentata*. Het is de diepste reden voor het vervolgen van hekserij.'

Uit dat oogpunt vindt Gigengack een mannelijke heks een laffe collaborateur. Of een undercover spion.

'Er wordt, geloof ik, wel gedanst en gezongen,' zegt Beljaars.

'Geloof ik? Weet je dat dan niet zeker?'

Beljaars zwijgt betrapt.

'Jij bent zelf ook nog nooit geweest!'

'Ik durfde niet alleen,' bekent Beljaars, die zich graag achter het pronte lijf van Gigengack verschuilt als er op avontuur uitgegaan moet worden.

'Van wie heb je die Heksenkring? Van een advertentie bij Albert Heijn?'

'Van het internet.'

'O-my-God,' zegt Gigengack, die het verschijnsel kent. Slecht gespelde en gestelde teksten vertellen van de treurige middelmaat der menselijke fantasie. Het internet is een intellectuele vuilnisbelt. Maar ze zijn nu toch al halverwege Sassenheim, het heeft geen zin rechtsomkeert te maken.

'Zijn we over- of underdressed?' vraagt Beljaars. 'Wat denk jij?'

Gigengack kijkt naar hun uitmonstering. Beljaars heeft haar wijde zigeunerrok uit Mexico aan met een zwart boothalstruitje en kokette zwarte laarsjes. Zijzelf heeft zich in een Cora Kemperman-miskoop gestoken: veel zwarte draperieën en aspirant-dweiltjes, waarin ze zich monumentaal maar ook enigszins heksmatig voelt uitgedost.

'Ik zal niet opvallen,' zegt Gigengack volkomen ten onrechte want ze valt altijd op, 'maar jij daarentegen ziet er wel een beetje frivool uit. Veel te mooi voor de Wicca's.' Beljaars is gevleid en verontrust tegelijk. Ze zwijgen tot Sassenheim in gespannen afwachting.

De bollenschuur staat dreigend in de toenemende schemering. Het heeft geregend. Het hout glanst zwart. Er komt rook uit de naden. Het stinkt naar een smeulend vuur van natte takken. Er staan wat auto's en fietsen. Nog voor ze hebben aangeklopt gaat de ene helft van de grote dubbele schuurdeur op een kier open en steekt een jonge vrouw met een vriendelijk gezicht haar hoofd naar buiten.

'Welkom', fluistert ze, 'wees welkom.' Maar de deur gaat niet verder open en het gezicht verdwijnt. Gigengack en Beljaars wachten geduldig, kijken elkaar aan, trekken de wenkbrauwen op, waarna Gigengack gedecideerd de deur openduwt. Dat gaat nog niet zo makkelijk. Ze moet met haar volle gewicht een stapel bollenkistjes verschuiven om zich toegang te verschaffen tot een in schemerduister gehulde ruimte, waarin op witte plastic klapstoeltjes zich een gezelschap van een vrouw of vijftien heeft verzameld. Geen man, is het eerste dat Gigengack noteert. De vrouwen zijn allemaal doorsnee gekleed, eerder Zeeman en H&M dan de Bijenkorf of de Bonneterie, en ze zitten gezellig met elkaar te keuvelen. De vrouw die de deur op een kier had opengedaan staat aan de andere kant van de bollenkistjes tegenwicht te geven. Ze was juist bezig ze een voor een te verwijderen om de deur goed open te kunnen doen toen Gigengack er tot haar schrik met haar volle gewicht tegenaan was gegaan. Vandaar dat het zo stroef ging. Enigszins verwilderd stelt de vrouw zich voor: 'Ik ben Pia.'

'Eucalypta,' zegt Gigengack, 'aangenaam.'

'Ik ben mevrouw Beljaars. Gea.'

'Gea? Wat een prachtige toepasselijke naam! We hadden nog geen Gea. Gaia.'

Beljaars bloost van genoegen.

Ze nemen twee witte klapstoeltjes en voegen zich in de kring. Gigengack valt bijna om. Het stoeltje is niet geheel op haar gewicht berekend. Als ze haar destijds in een heksenzak te water hadden gelaten om te zien of ze bleef drijven, zou ze zonder mankeren zijn gezonken. Er is weinig heksigs aan mevrouw Gigengack. Ze voelt zich eerder fee. Goede Fee. Heel Erg Goede Fee. Ze knikt eens naar links en ze knikt eens naar rechts en krijgt knikjes terug en de vraag waar ze vandaan komen. Het is snel verteld. Tot Gigengacks verbazing worden tal van huiselijke nieuwtjes en *faits divers* uitgewisseld, alsof ze op de bingoavond van de vereniging voor plattelandsvrouwen zijn verzeild geraakt. Dan klapt de hoofdheks in haar handen. Het is een rijzige dame met kort grijs haar, een zelfgesponnen wollen boezelaar en een peervormige gestalte. In een vorig leven is ze suffragette geweest en daarvoor oude vrijster en in het leven daarvoor is ze als heel jong katje verzopen door een boer. Ze heeft een natuurlijk gezag: het gekwetter valt stil. Met uitgestrekte armen, waarin ze als het ware de hele wereld in haar peperkoekenhuisje welkom heet, spreekt ze een gebed uit tot de Godin.

'Gezegend zij de Grote Moeder
Zonder Begin en zonder Eind,
gezegend haar tempel van puur wit marmer,
gezegend de stilte van haar heilige plaats.
Gezegend de baby die schreeuwt om Haar,
gezegend de reeën die hun kop oplichten naar Haar,
gezegend de vogels die door de lucht zweven voor Haar,
gezegend de bomen die schudden en zuchten voor Haar,
gezegend het vallende blad dalend voor Haar die de grond voedt.
Gezegend de golf die het strand kust voor Haar,
gezegend het zand dat zich overgeeft aan die liefkozing,
gezegend de schelp die aan land is geworpen door Haar,
gezegend is Zij, de Moeder van de parelen.

Gezegend de sterren die als juwelen voor Haar schitteren,
gezegend de Maan waar wij Haar gezicht in zien,
gezegend mijn Geest die hemelhoog vliegt voor Haar,
gezegend mijn Ziel die opzwelt uit vreugde om Haar,
gezegend mijn Lichaam, de tempel van Haar Wezen.... Laat ons
stil zijn,' zegt de akela ten slotte.

Ze zijn stil. Alle aanwezigen keren in tot zichzelf. Beljaars sluit
innig haar ogen. Het is alsof ze vurig bidt om een nieuwe fiets. Na
een kwartier zijn sommigen in trance of in slaap geraakt. Hun
ademhaling is diep en regelmatig. Een van de dames snurkt. Gigengack verzet zich aanvankelijk tegen de opgelegde meditatie.
Ze wordt rusteloos en wil opstappen. Die flauwekul. Zie Beljaars
daar nu eens zitten, preuts de handen in de schoot gevouwen, de
wijde zigeunerrok uit Mexico fraai gedrapeerd langs het stoeltje,
straks gaat ze leviteren, zweeft ze tien centimeter boven de grond,
of spreekt ze opeens in tongen. En dat tot zonsopgang?

Geruisloos zet zuster-portierster een dienblad vol brandende
waxinelichtjes in het midden van de kring. De gezichten worden
onflatteus van onder aangelicht. Een van de vrouwen opent haar
ogen maar lijkt nog in trance. Ze staat op en begint laag te zoemen
en langzaam te deinen. Een voor een ontwaken de dames uit hun
meditatie. Er begint een traag handgeklap. Beljaars' ogen schitteren. Er gaat ontegenzeggelijk iets opzwepends vanuit, zij het op
zeer huiselijke schaal. De grijze dame verwijdert zich even naar
achter en komt terug met een bokaal waarin een dampende en
geurige vloeistof. Ze neemt er een slokje van en geeft hem door
aan de vrouw naast haar. Die neemt ook een teug en geeft de beker
door. Alle godsdiensten en riten zijn hetzelfde, denkt Gigengack.
De mensheid heeft maar een beperkt areaal van plechtige gebaren
tot haar beschikking. Gebed, meditatie, zang, dans, wijding, eten
en drinken van bijzondere producten. Het ruikt gistachtig. Gefer-
menteerd. Eigen alcoholisch brouwsel misschien wel, over tul-
penbollen gedestilleerd lendenwater. Beljaars krijgt het eerst de

drank aangereikt. Ze neemt een ferme slok, verslikt zich, maar weet de thee binnen te houden. Ondanks zichzelf voelt Gigengack de spanning toenemen. Zal ze of zal ze niet? Ze zal. Wat het ook is, ze is de materie de baas.

De drank gaat rond tot hij op is. Iedereen heeft dan zeker vijf slokken op.

Mevrouw Gigengack voelt het effect.

Beljaars is gewoon teut.

Nu moet het beginnen.

'Ik lees voor uit mijn Boek van de Schaduwen,' zegt zuster Pia, die na de verdeling van zelfgebakken brood midden in de kring is gaan zitten met een zaklantaarn op een schoolschrift in haar schoot gericht. 'Nou, dit drankje dus wat jullie hebben geproefd heb ik dus gewoon gemaakt van kruiden die in de berm groeien. Onkruid zeggen ze weleens, maar er bestaat geen onkruid. Alles heeft een doel. Alles bestaat om een reden.' Die moet ik onthouden, denkt Gigengack, altijd op zoek naar een praktische levenswijsheid. Pia spreekt op nadrukkelijk bescheiden fluistertoon, een hoge stem als van een preuts meisje. Gigengack kauwt nadenkend op het taaie brood dat een beetje muf smaakt, alsof Pia's oven in geen honderd jaar is schoongemaakt. 'En nu heb ik in een oud boek dat ik heb gekregen uit de nalatenschap van een tante, zo zie je maar, dat er geen toeval bestaat, een geneeskrachtig recept gevonden dat ik met jullie wil delen. Ik heb het zelf al een keer geprobeerd en het werkt fantastisch. In het boek van mijn tante staat nog dat dit geneesmiddel alleen in het seizoen kan worden bereid en gebruikt, maar tegenwoordig zijn er het hele jaar aardbeien verkrijgbaar, dus...Ik lees voor: Laat een pond aardbeien afgedekt op een warme, vochtige plaats, bijvoorbeeld naast het petroliestel (ja ik zei al, het is een ouderwets boek, wie heeft nu nog een petroliestel?) beschimmelen. Laat de schimmels goed groeien. Kom niet in de verleiding de schimmel al vroeg te oogsten, want dan is hij nog niet rijp. Als de schimmel rijp is, u kunt dat zien aan het witte spinrag dat de kom uit wil groeien, dan neemt u voorzichtig het bovenste deel met een houten spatel eraf en mengt die met kamille-olie en thee van borage, in de verhouding 3, 2, 1. Giet de inhoud in een flesje, doe er een kurk op en schud. Laat nog drie dagen staan. Dan is het een geweldig goed kompres voor licht ontstoken wonden en muggenbeten. Na bereiding onmiddellijk gebruiken.'

Gigengack weet al meteen een aantal bezwaren in te brengen tegen het geneesmiddel. Heb je een wond die licht ontstoken is, dan duurt het nog minstens veertien dagen voordat het aardbeienmiddel gebruiksklaar is. Dan is ofwel de ontsteking genezen, ofwel het been moet eraf. En hoe je schimmels en olie en water tot een viskeus geheel mengt is haar een raadsel. Aardbeien zijn ook nogal agressieve vruchten die allergische reacties kunnen veroorzaken, hoe dan de schimmel van aardbeien een ontsteking kan genezen is vreemd, tenzij het dezelfde is als de kaaskorstschimmel die vroeger voor dat doel werd gebruikt en waar natuurlijke penicilline in zat.

'Waarom geen gewoon antibioticum?' vraagt Gigengack. Ze is buiten de orde, maar omdat ze nieuwkomer is wordt haar de interruptie minzaam vergeven.

'Dit middel is juist een gewoon antibioticum,' zegt Pia. 'Al dat farmaceutische fabrieksspul is ongewoon antibioticum. Chemisch. Gevaarlijk.'

'Baarlijke nonsens,' zegt Gigengack.

Beljaars kijkt haar waarschuwend, zij het enigszins loensend aan. Laat ze nu niet de sfeer gaan bederven.

'Jullie denken dat de natuur goed is,' gaat Gigengack niettemin voort. Er wordt geknikt. Jazeker. De natuur is goed. 'Ik zal jullie eens wat vertellen. De natuur is volmaakt onverschillig. In het beste geval. Verder moet ze bedwongen en beteugeld worden. De natuur is gevaarlijk. Jullie aardmoeder loert op ons.'

Gigengack heeft haar punt gemaakt en is van plan er verder het zwijgen toe te doen. Ze leunt zo goed en zo kwaad als dat gaat achterover in haar witte plastic klapstoeltje en wacht op de dingen die komen gaan. De hoofdheks werpt haar een blik toe die van nauwelijks bedwongen ongeduld spreekt. Er is haar weer een beproeving op haar pad gestuurd, die ze het hoofd moet bieden.

'Voor kritische vragen hebben we onze website,' zegt ze. 'Als u zich niet aan de regels kunt houden, moet u vertrekken. U verstoort onze maanviering.'

'Dat wil ik niet op mijn geweten hebben,' zegt Gigengack. 'Kom Gaia, we gaan!'

Ze drijft een onwillige Beljaars de bollenschuur uit naar de auto. De volle maan verlicht hun pad. Heel even. Dan verdwijnt hij weer achter een wolk. Beljaars is bij de eerste hoek al in diepe slaap.

Het piramidespel

Mevrouw Gigengack staat op een lijst. Haar naam gaat van hand tot hand, wordt zelfs verhandeld op de zwarte markt. Haar telefoonnummer is een 'Geheimtip'. De lijst wordt door niemand en door iedereen beheerd, hij is voor niemand en voor iedereen toegankelijk. De lijst is ongrijpbaar maar alomtegenwoordig. Als je de lijst denkt te zien, verdwijnt hij schielijk om een hoek. De lijst is God. Als uit het telefoonboek een representatieve steekproef moet worden genomen komt de speld geheid bij haar naam terecht. Dan klinkt een van de vele varianten van de openingszin: 'U spreekt met Kaat Mossel, mag ik een ogenblikje van uw tijd?' 'Goedemorgen, mevrouw Gigengack, mijn naam is Kaat Mossel? Ik mag u namens Schoonheidssalon Elegance een bijzondere aanbieding aanbieden?' Aanbieding aanbieden! Daar is op gestudeerd. 'Mijn naam is Kaat Mossel. Wij doen in opdracht van Huppelepup een onderzoek naar huppelepup. Heeft u een paar minuutjes voor me?' 'Goedemiddag, mevrouw, ik ben op zoek naar de heer Gigengack.' Die laatste is een man die aandelen in scheepsladingen verkoopt of winstverdriedubbelaars. 'Ik heb geen man,' zegt Gigengack dan. Stilte. 'Dan gaat het over,' zegt de enquêteman. Er moet nog veel gewied worden in de tuin van de emancipatie.

Maar dan bereikt haar, ongetwijfeld door bemiddeling van de

geheime lijst, een brief. Een fraaie brief. Fraai van vorm, fraai van inhoud. Ouderwets in zijn bescheiden postale benadering. Mevrouw Gigengack is fiks gestreeld. 'Uw levensverhaal voor later.' Dat is het motto en de samenvatting. Een 'Goed Werk' met een comité van aanbeveling bestaande uit gewichtige lieden – ze ziet een enkele academische en zelfs een adellijke titel tussen het kreupelhout schitteren – nodigt haar uit voor de eeuwigheid. Ze willen haar levensverhaal en dat van een select gezelschap andere aardbewoners-tijdgenoten bewaren op vijf continenten en na verloop van een fatsoenlijke hoeveelheid tijd voor belangstellenden toegankelijk maken. Een dwarsdoorsnede van wat ons bezighoudt. Wie wij zijn. Wat wij nastreven. Ze kan zo eerlijk zijn als ze wil. Niemand zal haar verhaal lezen en beoordelen, tenzij het dankbare nageslacht. Niet bedacht door historici, wier genoegen er nu eenmaal in bestaat zelf het verhaal van het verleden te verzinnen. Ook niet bedacht voor cabaretiers en andere schoffeerders. Het plezier van beledigen is weggenomen door de langdurige verzegeling, bedenkt Gigengack. Dat worden dus saaie en duffe verhalen vol zelfgenoegzaamheid aan de ene kant en rabiate nonsens aan de andere kant. Mevrouw Gigengack, de mensheid kennende, voelt zich geroepen bij die twee uitersten haar evenwichtige relaas te voegen, dat een reële indruk zal geven van het leven aan het begin van de eenentwintigste eeuw, waarin ze zichzelf niet zal sparen maar evenmin zal verheffen, waarin een dosis moraal zal worden gepaard aan een flinke scheut zedeloosheid. Ja, mevrouw Gigengack ziet mogelijkheden.

Ze wordt helemaal warm bij de gedachte die vervolgens in de brief wordt ontvouwd. Al de levensverhalen zullen stuk voor stuk gesymboliseerd worden door een steen, een buitenmodel baksteen, en met die stenen zal een piramide worden gebouwd in de bossen op zand uit het pleistoceen, want een beetje piramide houdt het niet op veen. Stel nu dat er meer dan tienduizend, ja honderdduizend levensverhalen worden verteld, dan zal glorieus boven de boomkruinen die prachtige massieve piramide verrijzen, tot verbazing van het nageslacht. Hoe het mogelijk is dat zo'n bouwwerk midden op de Veluwe is ontstaan, en dat nog wel in primitieve tijden waarin aan de mensen slechts hijskranen en atoomkracht ter beschikking stonden! Een kleine glimlach van genoegen krult zich om Gigengacks mond. Dat is nog eens een project! Ze had het zelf kunnen bedenken. Had ze het maar zelf bedacht. Nu is deze – ze kijkt naar de handtekening – Kees Maasbal ermee aan de haal gegaan. Maasbal biedt zich aan om in een gesprek de bedoeling nader toe te lichten. Dat kan ze zich niet laten ontgaan. Wie weet kan ze hem voor een van haar eigen karretjes spannen. Quid pro quo.

Kees Maasbal vervoegt zich ter bestemder ure bij Gigengacks woonst. Ze wordt een beetje nerveus bij het klinken van de bel, want als het meezit is Maasbal aanvallig, middelbaar, ongehuwd en zonder noemenswaardige complexen. Dat de man een vooruitziende blik heeft, bewijst zijn project. Maasbal ('Zeg maar Kees') is joviaal, al maakt hij de indruk zijn woorden nauwkeurig te wegen. Het gesprek heeft veel weg van een vroegere transatlantische telefoonverbinding. Als Gigengack iets zegt, blijft het even stil alvorens de boodschap is aangekomen, verwerkt en van een antwoord voorzien. Dan steekt zijn woordenstroom op als een stevige bries en gaat aan het eind van de claus gekomen weer liggen, waarna er een plotselinge diepe stilte valt die Gigengack haastig vult. De man is onopvallend maar goed gekleed. Zijn gestreepte das zit ietsje scheef. Gigengack moet haar handen in haar schoot ineenklemmen om niet op het boord af te vliegen en met een klein rukje het euvel te herstellen. Ze gaat ernaar zitten kijken en raakt geobsedeerd door de scheve knoop onder de stijgende en dalende adamsappel. Als ik de kans krijg, denkt Gigengack, moet ik zo dadelijk even naar zijn nek kijken. Dat is nog niet zo eenvoudig. Maasbal laat zich niet makkelijk in de nek kijken. Waar ze ook gaat, hij draait met haar mee als het haantje op de toren. Alsof hij iets te verbergen heeft. Terwijl Gigengack hem van koffie voorziet, vertelt hij haar nogmaals wat het project precies inhoudt.

Gigengack stelt hem een aantal klemmende vragen zoals Roodkapje aan de wolf. Vereniging of stichting? Stichting. Bestuur? Eén lid op dit moment. Wie? Kees Maasbal. Later aan te vullen. Met wie? Uit deelnemers. Hoe? Verkiezing. Geldmiddelen van de stichting? Bijdragen. Lidmaatschap. Van wie? Van de deelnemers. Hoeveel? Tientje per maand. Wat krijg je ervoor? De gelegenheid je levensverhaal te vertellen plus een baksteen in de piramide. Afkoopbaar? Ja. Hoeveel? Vierduizend euro. Opzegbaar? Nee. In klimmende klemming komt het hoogste woord eruit: wie zijn levensverhaal wil vertellen zit er voor de rest van zijn leven aan vast. Veel belangrijke mensen hebben toegezegd. Gigengack schat het aantal volgelingen van Maasbal op vijftig. Dat zijn al zo'n tweehonderdduizend euri, indien lidmaatschap afgekocht. Maasbal streeft naar honderd leden om te beginnen. Ja, dat snapt Gigengack. Vierhonderdduizend euro goed belegd is een goed belegde boterham voor Kees. Of het wordt een vast inkomen van duizend euro per maand. Ook niet te versmaden. Of een combinatie van beide. Bravo, Maasbal. Geniaal. Gigengack denkt er niet aan haar eigen levensverhaal op vijf continenten te laten bewaren, laat staan geld toe te geven om aan de kleinkinderen die ze niet heeft haar steen in de piramide aan te wijzen. Oma's gift aan de mensheid. Maar ze voert de begaafde oplichter met haar enthousiasme, onderwijl koortsachtig denkend hoe ze hem de loef kan afsteken. Ze denkt aan die keer in Rome, dat ze een man met een zielig verhaal over zijn vrouw en het ziekenhuis geld voor de taxi gaf omdat hij net was beroofd. De gotspe! Ze denkt aan die keer in Washington DC dat een zwarte man haar al lopend bloemrijk de hele doopceel van zijn familie lichtte van de Ashanti in West-Afrika via de negerhut van Oom Tom en de Burgeroorlog naar Vietnam, waarna ze hem met tien dollar had beloond. De act van Maasbal is ingenieuzer, maar minder brutaal, wat in zijn nadeel werkt.

'O ja,' zegt Kees, 'nog iets. Om dit schitterende en belangrijke project snel tot een succes te maken levert iedere deelnemer een lijst met tien namen uit het eigen netwerk.'

Daar is de lijst. De lijst der lijsten. Zo zie je maar. Iemand heeft haar naam weer eens doorgegeven. Gigengack is de kennis van iedereen, maar de vriendin van niemand. Behalve mevrouw Beljaars natuurlijk. Dit doe je je vrienden niet aan. Beljaars zou ze zeker niet Maasbal op het dak willen sturen. Die valt voor elke sukkel met een goed verhaal. Nu is het zaak de wereld te redden van Maasballen. Mevrouw Gigengack moet als undercoveragent de organisatie van binnenuit opblazen, zoveel is zeker. Ze paait Kees met bewondering, vraagt of hij nog een kopje koffie of misschien wel een boterhammetje lust. Zal ze een lekker eitje voor hem bakken? Kees Maasbal wil wel.

Als Gigengack hem achteloos twee spiegeleieren voorzet met een nog zacht geel heel dooier, omringd door droog en aan de randen bruin gebakken knapperig wit, geserveerd op een mooi geroosterd sneetje casinobrood, heeft ze het pleit al gewonnen. Hij blijft de hele middag praten over het project, vertelt dan van al zijn ongelukkige verbintenissen, pinkt een vertrouwelijk traantje weg, laat zich warm eten voorzetten ('Bloemkool met een sausje en saucijsjes, hoe wist u dat?') en gaat voldaan naar huis, na het maken van een afspraak natuurlijk.

Mevrouw Gigengack droomt van Kees Maasbal. Ze wordt trappend wakker.

Man op proef

Voor de spiegeleieren is ze geslaagd. Ze weet zelfs Moeder Maasbal, zaliger nagedachtenis, daarin naar de kroon te steken. De ultieme test is echter het Wentelteefje, hoewel het duo Oliebol/Appelflap ook een belangrijk criterium is voor Maasbals overgave. Het is een feest een man zo te zien genieten. Keer op keer tovert zijn nostalgische fantasie hem gerechten uit de oude doos voor ogen waar zijn tanden van gaan wateren en die zij dan voor hem moet maken.

'Jan-in-de-zak! Griesmeelpudding met bessensap! Pitmoppen! Gemberbolussen!'

'Gemberbolussen?' vraagt Gigengack verbaasd. 'Had je die dan in Almelo?' Ze betwijfelt of Kees wel de ware gemberbolus kent die op zondag te krijgen was bij de joodse bakker in de Beethovenstraat. Zoet, scherp en kleverig.

'Tulband! Balkenbrij! Hutspot met klapstuk! Gebakken bloedworst! Zure zult! Uierboord!'

'Ja, Kees, zo kan hij wel weer. Vanavond eten we gewoon osso bucco met risotto ai funghi en gegrilde aubergine met geitenkaas.'

'Peultjes,' zucht Kees.

'Morgen,' zegt Gigengack.

Kees Maasbal is op proef bij Gigengack in dagbehandeling. Hij mag 's morgens tegen koffietijd komen, 's avonds na het diner moet hij weer naar huis. Ze doen samen Leuke Dingen. Het is nog niet zo makkelijk gezamenlijke Leuke Dingen te vinden. Na drie dagen zijn ze door de collectieve interesses heen, maar die waren ook zo veelbelovend en succesvol dat ze dapper op zoek gaan naar meer. Ze kijken per provincie. Wil Gigengack naar De Pont in Tilburg, vraagt Kees wat dat is, ze hebben in Tilburg toch geen rivier. En heeft ze dat uitgelegd, dan komt hij met het Autotron als tegenvoorstel. Zelf rijdt hij een Opel Vectra, maar hij wil dolgraag een Ford Mustang. Gigengack vinkt af. Aan de minkant. Hij wil golfen in de Algarve. Met een cruise mee. Hij zegt Ajuuparaplu. En nu dus de Mustang. Het is onkunde, geen onwil. Mevrouw Gigengack hoopt zijn antenne voor Foute Dingen om te buigen naar de Leuke Dingen. Leuk is oude platen draaien en hard meezingen. Leuk is naar hippe clubs gaan en bij binnenkomst 'Een rondje voor de zaak!' te roepen. Leuk is naar slechte theatervoorstellingen gaan en aan het eind uitzinnig te applaudisseren en bravo en bis te roepen. Leuk is een café met livemuziek bezoeken. Leuk is 's morgens vroeg door de stad fietsen. Leuk is 's middags om vier uur een bioscoopje pikken. Leuk is een dagkaart te kopen voor het spoor, een bestemming te prikken en erheen te gaan ook al is het Maassluis of Baarn of Loppersum, en daar bij de plaatselijke makelaar naar het duurste huis te informeren. Leuk is alle roddelbladen te kopen en een vergelijkende studie te maken van de artikelen. En misschien is dat morgen allemaal niet zo leuk meer. Mevrouw Gigengack gelooft heilig in afwisseling. Mevrouw Gigengack mag graag van mening veranderen. Kees Maasbal heeft dat niet. Dat is een man van traditie. Kees Maasbal is voor sommige avonturen slechts te vinden als ze hem hangop met appel, rozijnen en kaneel toe belooft of kletskoppen voor bij de koffie.

Ze aarzelt nog hem in te schakelen bij haar projecten als Party!Party!Party! (voor uw feestelijke uitvaart) of de Graslease- maatschappij voor de hobby-veehouder. Zo ver vertrouwt ze Kees niet. Voor je het weet is een goed idee gestolen en de dief mee met de noorderzon. Toch zou een gezamenlijk nuttig doel de dagbesteding aanzienlijk meer inhoud geven. Natuurlijk is dan ook een stevige basis voor het intermenselijke conflict gelegd, maar waar gehakt wordt vallen spaanders. Spaanders. Het woord doet een draaikolk in Gigengacks geest ontstaan. Ze hoeft haar oude projecten helemaal niet met hem te delen. Ze kunnen samen nieuwe goede doelen bedenken, waarbij de verbintenis meer moet opleveren dan de som der delen. Waarin is het duo Maasbal-Gigengack onverslaanbaar? En waarom schoot haar deze kiem van een nieuw idee juist te binnen toen het woord 'spaanders' als een komeet langs haar denkhemel flitste?

'Kees, als ik zeg "spaanders", wat zeg jij dan?'

Kees is wel een beetje gewend aan Gigengacks onnavolgbare invallen, maar moet toch langer dan al zijn gewoonte is kauwen op een antwoord.

'Spaanders,' zegt hij ten slotte, om tijd te winnen.

'Spaanders.'

'Spaanders als in splinters?'

'Als in waar gehakt wordt.'

'Dan zeg ik au,' zegt Kees na tien seconden.

Dat helpt mevrouw Gigengack niet echt de vluchtige gedachte vanachter de horizon terug te roepen. Maar ze weet dat er iets is gezaaid. Dat iets wortel heeft geschoten en dat ze voor de week om is het tere plantje van een goed idee in haar vruchtbare potgrond zal zien groeien en bloeien.

Midden in de nacht weet ze het. Het is de 'extreme make-over' van Kees Maasbal. Ze zal hem hakken naar het beeld en de gelijkenis van de ideale partner. De vonken zullen eraf springen. Ze denkt aan Tesselschade Roemers Visscher, die in een smidse een heet stukje ijzervijlsel in haar lodderoog kreeg, wat weer correspondentie van Huygens ten gevolge had. Huygens. Tja, zij moet het met Maasbal doen. Maar wie weet viel er zelfs van een Maasbal een Blijde te smeden. Ze zal diverse vrouwentijdschriften en televisieprogramma's interesseren voor haar project Maasbal Make-Over c.q. Krijg Een Kick Van Kees.

Hoe echter moet ze haar parttime commensaal tot medewerking overhalen. Tijdens een verrukkelijke maaltijd van capucijners met spek (het is maar goed dat Kees na het eten naar huis moet, want ze ziet ernstig op tegen het beleefd inhouden van haar darmwerking en nog ernstiger op tegen Kees' eventuele sluipertjes) brengt ze het volgende naar voren:

'Kees, wat is het Leuke Ding dat jij het aller-allerliefste zou gaan doen?'

Kees kauwt en denkt.

'Denk er maar rustig over na, Kees. Het moet echt het aller-allerliefste leuke ding zijn.'

Ze ziet Kees' ogen vervaarlijk boven de capucijners gaan twinkelen. O, God, denkt Gigengack, het is zover. Hij gaat het n-woord zeggen. En ik moet die man niet in mijn bed. Maar goed, een vraag hoeft nog geen toestemming te betekenen. Ze heeft haar geheime bedoeling nog niet kenbaar gemaakt. Kees kan de fuik inlopen, maar ze kan hem ook buiten laten staan.

'Het aller-allerliefste leuke ding,' herhaalt hij nog maar eens.

'Het aller allerliefste leuke ding,' bevestigt ze.

Als hij uiteindelijk zijn grote wens kenbaar maakt is ze toch nog een beetje beledigd dat hij het n-woord niet noemt.

'Ik zou met zo'n prachtig groot motorjacht langs de Côte d'Azur willen varen. Aanleggen in Saint-Tropez, Cap d'Antibes, Monte Carlo,' zegt Kees Maasbal dromerig. Er valt een capucijner van zijn vork in het spekvet, een spat bevlekt zijn zijden das. Die kunnen we wel weggooien, merkt mevrouw Gigengack en passant op.

'Goed, Kees, als ik er nou eens voor zorg dat jouw droom uitkomt, wil jij dan meewerken aan mijn nieuwe project?'

Kees aarzelt, aarzelt nog meer als ze hem bezweert haar te vertrouwen, ze heeft zijn blinde toestemming nodig. Anders is zijn aller-allerliefste leuke ding hem ook niet veel waard. Kees geeft toe en bevindt zich de volgende ochtend al op de *cross-trainer* bij Fitness First om onder de neutrale en daardoor misprijzende blik van Jeffrey zijn conditie op te vijzelen en zijn enigzins flubberige figuur strak te trekken.

De hunkerende meisjes

Beljaars heeft haar zover. Gigengack geeft toe dat ze *Erholung* nodig heeft ver van Kees Maasbal en aanverwante artikelen. Verandering van spijs, verandering van lucht, verandering van omgeving, verandering van uitzicht en inzicht, verandering van alles. Het is een *Umwertung aller Werte* met het doel als zichzelf terug te komen. Het is een vreemde omweg alles anders te doen opdat het ware ik herrijst. Dat lijkt op hard wegrennen om je schaduw kwijt te raken. Mevrouw Gigengack heeft wel kaas gegeten van reizen, maar niet van 'vakantie'. *Vacare* is vrij zijn van, leeg zijn. Wie ergens vrij van is, kan zich met iets anders laten vollopen. Dat ziet men ook veel gebeuren, denkt mevrouw Gigengack. Met name Engelsen laten zich uit horror vacui in hun leeg-zijn-oord vollopen met drank.

Vrij zijn van arbeid, van verplichtingen, van afspraken, van familie schijnt een nastrevenswaardige toestand te zijn. Het dagelijks leven rust als een last op de schouders van de moderne mens, die zich negenenveertig weken afbeult voor drie luttele weken ledigheid. Hoe harder men zich afbeult, hoe verder weg men ledig kan zijn. Mevrouw Gigengack zoekt de vrijheid en de ledigheid in haar dagelijkse werk. Reizen doet ze voor de stress. Vanwaar dan nu de Erholung? Mevrouw Beljaars spreekt van gespannen bogen, van emotionele uitputting, van opgefoktheid, van chaos en van concentratieproblemen en geeft daarmee een perfect voorbeeld van projectie. Toch denkt mevrouw Gigengack haar vriendin het beste te kunnen helpen door zelf 'op' of 'met' vakantie te gaan. Tussen die twee voorzetsels heeft ze nooit een goede keuze kunnen maken. Het schijnt dat het ene voorzetsel voornamelijk in de katholieke Generaliteitslanden wordt gebruikt, terwijl het andere het steile Hollanderschap verraadt. Het Hollandse heet correct. Maar ze weet als voormalig katholiek geboren boven de grote rivieren niet welk van de twee dat is.

Nu dus vindt ze zichzelf terug op een Dalmatisch eiland in de republiek Hrvatska. Hoe ze daar is gekomen weet ze zelf niet meer. Iemand zei dat... iemand wist dat... iemand kende... iemand raadde aan... iemand had een adresje... iemand belde wel even... en nu zit ze tussen onverstaanbare, tandeloze vissers op een min of meer kale rots in een *sobe* met warm en koud stromend water en het beetje huiselijke verkeer dat *dobar dan* en *dobri vecer* toelaten. Het is niet alles maar het kost ook vrijwel niets. Ze hoeft zich dus niet te ergeren aan opgeschroefde prijzen en roofzuchtige autochtonen. Eenvoud. Voor alles eenvoud. Dat is haar motto en dat kan ze op dit eiland uitstekend in de praktijk brengen.

Ze neemt een aantal vaste gewoonten aan. Waar je ook bent: vergeet de vaste gewoonte niet. Vestig een patroon. Weef jezelf in. Afhankelijk van de plaats dringen de vaste gewoonten zich op. Een aangenaam stamineeke in de onmiddellijke omgeving van het bed, waar verse jus wordt geperst en een vijf-minuten-eitje wordt geserveerd, maakt een ochtendlijke gang naar zo'n paradijs welhaast onvermijdelijk. Op het eiland waar mevrouw Gigengack is gestrand bestaat zulks niet. Ze doopt elke ochtend haar harde korst zwart brood in een kom geitenmelk en loopt vervolgens haar rondje naar het verlaten kapelletje, over de heuvel met het mooie zeezicht, via de baai van de vissershutjes, de afgeleefde houten scheepjes en de stinkende netten, terug naar het huis van haar hospita: een ruim bewratte weduwe met een schelle stem en twee bloedmooie dochters. Om die dochters nu is het mevrouw Gigengack begonnen.

Tegen zes uur of iets later, als het werk in huis en tuin is gedaan, als van stro goud is gesponnen, binden de dochters hun raven-zwarte haren los, trekken zij hun heupbroeken en naveltruitjes aan en slenteren ze rond over de kade. Heen en weer. Hun ogen dwalen langs de huizen en de oude mannen en blijven af en toe vaag rusten op de sterke schouders van een jonge visser die zijn schuitje klaarmaakt voor de nachtelijke vangst. De schouders en armen van de jongeman beloven koestering, maar het hoofd dat daarboven prijkt bevat slechte adem, rotte tanden en een dulle blik. De jonge vissers zijn een en al lichaam, maar weinig geest. Nu kun je je daarmee goed amuseren, weet Gigengack, doch op den duur is het wat beperkt. De dochters hunkeren naar handige kerels die een keten disco's beheren of desnoods loodgieter zijn, als er maar meer toekomst in zit dan in die eeuwige zee.

De dochters moeten naar de wal, of de wal moet naar de doch-ters. Dat eerste lijkt het makkelijkst, maar belooft geen resultaat. Zijn de dochters eenmaal aan wal – gesteld dat de bewratte wedu-we haar onbezoldigde werkneemsters wil laten gaan – dan gaan ze op in de massa strakke buikjes en eindigen ze op een bladderende flat in de buitenwijken van Split met een man die afwashulp is in een hotel dat hij bij de eerste ontmoeting zei te bezitten.

Beter dus is het de wal naar de meisjes te brengen. Gigengacks vindingrijkheid wordt danig op de proef gesteld. Het plan moet van start voordat de meisjes zijn verwelkt. Ze denkt aan een trai-ningskamp voor roeiers. Een paar achten met stuurman in moe-ders pension en de klus is geklaard. Helaas is de ruimte beperkt. Een enkele skiffeur zou haalbaar zijn, maar de skiff is voor bin-dingsangstigen. Een congres voor tandartsen of gynaecologen dan? Een toogdag voor veerlieden? Een rustoord voor houtves-ters? Een werkplek voor schrijvers? Bij die laatste mogelijkheid blijft Gigengack peinzend staan. Per winter twee ongelukkige auteurs uit jachtige wereldsteden in het behouden huis van de weduwe moet het venster naar een vervuld en romantisch bestaan als muze voor de hunkerende Helena's openzetten. Subsidie is zo gevraagd en gekregen en schrijvers of wat daarvoor door wenst te gaan zijn er zat. Lukt het niet met de schrijvers, dan kan er een componist of een schilder zijn geluk bij de dames beproeven, en als zelfs dat geen zoden aan de dijk zet, dan gooien we er een cultureel antropoloog tegenaan, denkt Gigengack, die een participerend onderzoek doet en met een totaal nutteloos manuscript maar een uiterst nuttig Helenaatje naar huis terugkeert.

Gigengack ziet de levenslopen van de meisjes voor zich. Waar ze zich ook zullen bevinden, ze zullen langzaam vet en wratten verzamelen, ze zullen hun man koeioneren of door hem geslagen worden, ze zullen hun kinderen aan hun oren trekken, ze zullen tomaten kweken op hun eigen morsige lapje grond of op hun balkonnetje en ze zullen hunkeren naar hun verleden toen ze hunkerden naar hun toekomst. Die jonge vissersman met de sterke armen en de hang naar zee is zo gek nog niet.

Triëst

Ze is er en ze is het. Het lijkt de omschrijving van een woord in een cryptogram. Mevrouw Gigengack vindt cryptogrammen tijdverspilling. Sowieso is het invullen van kruiswoordraadsels een bezigheid voor het vagevuur: het uitboeten van de laatste restjes zonde voordat de hemelpoort opengaat en het liederlijke eeuwige leven onder leiding van Tiësto begint. Mevrouw Gigengacks moeder was verslaafd aan doorlopers en reuzendoorlopers, die ze nooit helemaal afkreeg. Altijd die hoop op een vol raam. Haar leven stond in het teken van horizontaal en verticaal, van 'traa', 'eest', 'ore', 'oer' en 'sen'. Ze stierf terwijl ze halverwege het woord 'misdienaar' was. Gigengack moet aan haar denken terwijl ze 'ik ben er en ik ben het' tegen zichzelf zegt. Wat een verspilling al dat leven dat wacht op de dood. En toch, wat is leven anders? Of je nu puzzels invult of Grote Projecten bedenkt, het een is als tijdverdrijf niet intrinsiek beter dan het ander. Gigengack betrapt zichzelf op een hevig verlangen naar de Denksport.

Ze kijkt om zich heen en ziet vele mensen die 'er zijn' en 'het zijn'. Dat ligt nu eenmaal over de stad, die dubbelheid. De stad is een soort meerlandenpunt. Ze ligt op het snijpunt van de Balkan en West-Europa, ze ligt tussen het warme mediterrane en het hypocriete Habsburgse, ze ligt aan zee, maar ook in de bergen, ze is alles en ze is niets tegelijk. Ze is Italië, ze is Oostenrijk, ze is Slovenië en Kroatië, ze is zand, ze is karst, ze is pijnboom, ze is eik. Ze is alles. Ze is niets. Mevrouw Gigengack houdt van die stad. Op het eerste gezicht. Ze loopt naar de haven, waar een veel te groot roestig vrachtschip is verdwaald: linksaf gegaan bij de hak van de laars en hier geëindigd, waar het nooit de bedoeling was. De stad vangt toevallige voorbijgangers en houdt ze vast. Zonder gezang, zonder muziek. De stad is een net. Vanaf hier kan het alleen maar beter worden, zegt mevrouw Gigengack.

In Verona

Op haar weg van Erholung via Triëst naar huis maakt mevrouw Gigengack een kleine bedevaart naar Verona. 'Two households, both alike in dignity, in fair Verona, where we lay our scene, from ancient grudge break to new mutiny, where civil blood makes civil hands unclean.' Ja, inderdaad, ze is er om de huizen van de Montagues en Capulets te zien. Ze is er om de wegen van Romeo en Julia na te gaan. Ze is er om zich te verdrinken in melancholie. Kijk haar maar staan voor het hek dat Julia's huis afsluit. Ze houdt zich vast aan de gietijzeren spijlen en tuurt naar de binnenplaats. Nooit woonde hier fair Juliet en toch doet iedereen alsof. De werkelijkheid is de mens niet genoeg. We hebben de droom nodig. 'Wakend dromen we,' zegt Gigengack zachtjes. Ze denkt dat het een citaat is, maar weet niet meer uit welk stuk. *The Tempest? Hamlet?* Het is somber weer: 'The sun for sorrow will not show his head.' Gigengack laat ook het kopje hangen.

Even later zit ze op een terrasje met een *macciato* en mijmert over hoe de tijd verglijdt. Ze zit in een regenbui van moleculen. Alles en iedereen is in de rui. De atomen zwerven rond, almaar op zoek naar nieuwe samenstellingen. Wie de tijd versneld afdraait ziet al het zijnde als een voortdurend van vorm veranderend wolkenveld.

Hoe hebben de huizen hun gestalte zo lang kunnen behouden?

Zoveel langer dan het vlees dat hen bouwde en bewoonde. Als alles met de makers zou vergaan, hadden we geen geschiedenis, denkt Gigengack. Geschiedenis is ons vermogen dingen te maken die sterker zijn dan wij. Wat doen we de dingen aan door ze te verlaten, staan we daar weleens bij stil? De oude kerk is een vreemdeling in deze tijd. Ze hoort bij hen en bij toen, bij alles wat begraven ligt in de herinnering. Deze oude stad barst van verdriet omdat ze nog bestaat.

In het centrum staat wel een heel groot brok verdriet. De arena ligt in een kuil om snikkend in te vallen, zinkt te langzaam weg in de rotsige grond, is al bijna vergeten wie haar bouwde, en toch moet ze elke zomer al haar krachten verzamelen voor de ontvangst van tienduizenden operaliefhebbers. Vanuit haar opgelapte binnenste klinken hoog op de gebeeldhouwde aria's van Verdi, Rossini, Puccini, Donizetti. De keel toegeschroefd van mededogen met de stenen koopt mevrouw Gigengack haar kaartje. *La Traviata* staat op het menu. Mevrouw Gigengack houdt van zingen en zou dolgraag Violetta Valery hebben vertolkt (zelfs tussen de schuifdeuren) maar ze weet niet zeker of ze van opera houdt. Af en toe bezoekt ze Cees Dams zalmroze zangpaleis en bevindt zich dan temidden van de donderdagavondabonnees van het Concertgebouw: Amsterdam-Zuid chic, net aan Mahler maar nog niet aan Stravinsky toe, van Neerlands Nichtendom, sectie artistieke hoogvliegers, die opeens vanuit het niets en masse de opera aan hun platte boezem hebben gedrukt – de ordinaire sectie houdt het bij het Songfestival –, en van provinciale deelnemers aan de radioquiz Van Wie Is Dat Fragment, en denkt dan dat liefde voor de opera moet beginnen bij liefde voor het publiek van de opera. Dat nu is voor Gigengack een brug te ver. Meestentijds stelt haar ook de uitvoering teleur. Te veel recitatieven, te slechte acteurs, te overdadige ensceneringen met te pretentieuze figuranten, te ridicule libretti. Wat is er te beminnen aan de opera? Die ene aria. Die verre herinnering aan Maria Knalgas.

Het is met een gevoel van gereserveerde koppigheid dat mevrouw Gigengack de arena betreedt. Sleep me mee, denkt ze. Ik ben een veer op de wind, ik ben met een natte vinger te lijmen, ik wil niets liever dan vervoerd raken, mijn hart en mijn oren staan wagenwijd open. Om haar heen vult zich de gigantische badkuip met vele duizenden toeschouwers. Wie op het schellinkje zit zou thuis met een dvd een stuk beter af zijn. Mevrouw Gigengack zit niet op het schellinkje maar zodra het orkest inzet en de zangers verschijnen wenste ze dat ze de volumeknop een slinger kon geven of dat de dramatis personae een musicalmicrofoon op hun voorhoofd hadden geplakt. Dat nu is operazangers hun eer te na. Het klinkt allemaal wat te dun voor de dikke arena en het sterrenbespikkelde uitspansel dat het geheel overkoepelt. Als Violetta aan het eind gebroken en stervend haar laatste aria uitblaast en het publiek zich tot het uiterste inspant geen noot te missen en het orkest geen pianissimer pianissimo in huis heeft, wordt mevrouw Gigengack bevangen door een hevige drang waaraan ze geen weerstand kan bieden. Haar longen zuigen zich vol, haar borst zet uit, ergens in haar buik begint het te zoemen en te trillen en dan, ja dan verheft ze zich van haar zetel, het kussentje valt geruisloos op de grond, en ze zingt luid en duidelijk, met een fraaie snik in haar stem messcherp tegelijk met de diva op de bühne: 'Cessarono gli spasmi del dolore. In me rinasce...m'agita insolito vigore! Ah! Io ritorno a vivere. Oh gioia!...'*

*(Mijn doodsstuipen verdwijnen, in mij ontwaakt weer...mij beweegt een geweldige kracht! Ach! Ik keer naar het leven terug! O vreugde!)